Bianca

FALSAS RELACIONES

Melanie Milburne

Editado por Harlequin Ibérica.
Una división de HarperCollins Ibérica, S.A.
Núñez de Balboa, 56
28001 Madrid

Falsas relaciones, n.º 2654 - 17.10.18
Título original: A Virgin for a Vow
Publicada originalmente por Harlequin Enterprises, Ltd.

I.S.B.N.: 978-84-9188-978-6
Depósito legal: M-27641-2018
Impresión en CPI (Barcelona)
Fecha impresion para Argentina: 15.4.19
Distribuidor exclusivo para España: LOGISTA
Distribuidor para México: Distibuidora Intermex, S.A. de C.V.
Distribuidores para Argentina: Interior, DGP, S.A. Alvarado 2118.
Cap. Fed./Buenos Aires y Gran Buenos Aires, VACCARO HNOS.

Capítulo 1

ABBY solo disponía de un día para responder a la invitación a la fiesta. Un día. Veinticuatro horas. Mil cuatrocientos cuarenta minutos. Ochenta y seis mil cuatrocientos segundos. Y si no conseguía un «novio» rápidamente estaba perdida.

Completa y absolutamente perdida.

Sentada detrás de su mesa de despacho, contempló la dorada y negra invitación.

Señorita Abby Hart y prometido

Estaba en pleno ataque de pánico. No podía presentarse sola a la prestigiosa fiesta de la primavera, con fines benéficos, de la revista *Top Goss and Gloss's*. Era el acontecimiento más importante de toda su carrera profesional. La lista de espera para comprar entradas era de tres a cuatro años. Algunos de sus compañeros de trabajo, con más años de experiencia que ella, nunca habían recibido aquella invitación. Era un gran logro haber sido designada «invitada de honor» a la fiesta. Un éxito. Imposible no asistir. Su jefe había insistido en que, por fin, había llegado el momento de revelar a los fans de Abby quién era su novio. Si se presentaba sola a la fiesta perdería su trabajo con toda seguridad.

Todo el mundo creía que Abby estaba prometida con su amigo de la infancia, tanto en el trabajo como en los medios de comunicación social. El planeta entero creía que estaba prometida. Pero no tenía un amigo de la infancia que fuera su novio y, desde los cinco años, había pasado la niñez de una casa de acogida a otra.

–Abby, ¿tienes tiempo para...? ¡Eh, no me digas que todavía no has respondido a la invitación! ¿No tenías que haber dado tu respuesta hace una semana? –le preguntó Sabina, de la sección de moda, con el ceño fruncido.

Abby fingió una sonrisa.

–Lo sé, pero es que mi novio no me ha contestado todavía. Tiene muchísimo trabajo y...

–Pero te va a acompañar a la fiesta, ¿verdad? –dijo Sabina–. Eso es lo que hace un novio, ¿no? Y se supone que por fin, en la fiesta, todo el mundo va a enterarse de quién es tu Príncipe Azul. Me encanta que lo llames así en tus artículos y tu blog, le has dado un aire misterioso y has despertado auténtica curiosidad en la gente.

Abby había logrado mantener la identidad del Príncipe Azul en secreto porque no existía en la realidad, solo en su imaginación. Su columna semanal y su blog trataba sobre las relaciones, daba consejos al respecto: hablaba del verdadero amor, trataba de ayudar a las personas a conseguir finales felices. Contaba con cientos de miles de lectores y millones de seguidores en Twitter.

Y todos creían que tenía novio y que se iba a casar con su hombre perfecto. Incluso llevaba anillo de compromiso para que no hubiera dudas. No era un brillante, sino una circonita, pero de tan buena calidad que nadie había notado la diferencia, y llevaba dos años y medio luciendo en su dedo.

–No, no, no me haría eso –a veces le asustaba la facilidad con la que mentía.

–Me habría encantado que me invitaran a la fiesta –dijo Sabina con un suspiro–. Estoy deseando conocerle. Estoy segura de que es por eso por lo que os han invitado a sentaros en la mesa del jefe. Todo el mundo quiere conocer a ese hombre tan maravilloso.

Abby continuó sonriendo, pero el estómago le dio un vuelco. Tenía que inventarse algo. Tenía que conseguir, como fuese, un hombre que se hiciera pasar por su prometido.

Pero ¿quién?

Justo en ese momento recibió un mensaje en el móvil de su mejor amiga, Ella Shelverton.

Su mejor amiga, que tenía un hermano mayor que ella.

¡Ya estaba! La solución perfecta. Pero... ¿aceptaría Luke a acompañarla? La última vez que le había visto había sido hacía seis meses, una noche en la que él se comportó de forma muy extraña, por decirlo de alguna manera. Ella nunca había estado tan cerca de Luke físicamente. Luke siempre se mostraba algo distante y arisco, lo que era comprensible ya que aún no había superado la trágica muerte de su novia, que había muerto cinco años atrás. Sin embargo, aquella noche, cuando ella se había presentado en su casa para recoger una cosa que Ella le había dejado allí el día anterior, Luke, ebrio había apoyado la cabeza en su hombro y, al final, ella le había tenido que llevar a la cama. Una vez en la cama, Luke le había tomado una mano y, con la otra, le había acariciado la mejilla tiernamente; después, cerró los ojos y se quedó dormido.

Cada vez que Abby recordaba el incidente, sentía un curioso cosquilleo en el cuerpo.

–¿Es un mensaje de tu novio? –preguntó Sabina inclinándose hacia delante–. ¿Qué dice? ¿Va a ir contigo a la fiesta?

Abby cubrió con la mano la pantalla del móvil.

–Una de las reglas de Abby es no enseñar a sus amigas los mensajes de su novio, son íntimos.

Sabina lanzó un profundo suspiro.

–Ojalá tuviera un novio que me enviara mensajes. Ojalá tuviera lo que tienes tú, Abby. En realidad, todo el mundo quiere lo que tienes tú.

«¿Qué es lo que tengo exactamente?»

–Sabina, eres una persona maravillosa que merece ser feliz. No puedes permitir que una mala experiencia con un desgraciado...

–Y un sinvergüenza. Aunque no estoy segura de que lo de la pelirroja no fuera pura invención.

–Como tú digas. Pero lo que interesa aquí es que eso no te impida encontrar un hombre cariñoso y extraordinario que está justamente esperando una chica tan maravillosa como tú –declaró Abby.

Sabina sonrió.

–No me extraña que seas la mejor columnista del

corazón de todo Londres. Siempre das la respuesta perfecta.

Tras pensarlo mucho, Abby decidió presentarse de improviso en casa de Luke, en el barrio de Bloomsbury; no quería darle la oportunidad de negarse a recibirla alegando estar muy ocupado con el trabajo. Luke siempre estaba trabajando en algún proyecto de ingeniería médica, era un profesional de gran reputación a nivel mundial.

Abby le había hecho prometer a Ella no decirle nada a su hermano respecto al plan. A Ella le había encantado la idea de que su hermano la acompañara a la fiesta; lo que no era extraño, ya que Ella hablaba con frecuencia de lo mucho que deseaba que Luke volviera a tener una vida social activa.

Y como sabía que a Luke le gustaba mucho el dulce casero, Abby se presentó en su casa con una caja de galletas de chocolate y nueces de macadamia recién salidas del horno de su cocina.

Con la caja de galletas debajo de un brazo y sujetando el paraguas con la otra mano, Abby llamó a la puerta. Tuvo que insistir varias veces. Sabía que Luke estaba en casa porque vio luz en la ventana del estudio de él y también en el cuarto de estar.

«¿Y si tiene visita?»

«No».

Luke no recibía visitas desde la muerte de su novia, Kimberley, hacía cinco años. Aunque a él nunca le habían gustado mucho las fiestas, desde su muerte se había encerrado en sí mismo completamente. También se había convertido un adicto al trabajo. Una pena, porque podría ser muy divertido si se relajara un poco.

Por fin, oyó pasos al otro lado de la puerta y apartó el dedo del timbre.

Al verla, Luke frunció el ceño.

–Ah, eres tú –dijo él.

–Me alegro de verte, Luke –dijo Abby–. ¿Puedo pasar? Hace un poco de frío.

–Sí, pasa –respondió, aunque su expresión claramente mostraba reticencia.

Abby entró en la casa y cerró el paraguas; por suerte, la alfombra absorbió inmediatamente el agua.

–¿Te pillo en mal momento?

–Estoy trabajando...

–Hay otras cosas en la vida además del trabajo, por si no lo sabes –declaró Abby buscando con la mirada un sitio donde dejar el paraguas.

–Dámelo antes de que me rompas algo –dijo Luke extendiendo una mano.

Luke dejó el paraguas en un paragüero cerca de la puerta.

–¿Y Ella? ¿No ha venido contigo?

–Esta tarde tenía una reunión de padres en el colegio –contestó Abby–. Se me ha ocurrido pasarme para ver cómo estabas.

–Como ves, estoy bien.

Durante el embarazoso silencio que siguió, Abby se preguntó si Luke estaría recordando aquella noche. ¿Pensaba en ello alguna vez? ¿Se acordaba de lo que pasó? ¿Se acordaba de que había apoyado la cabeza en su hombro y de cómo le había acariciado el rostro, como si hubiera estado a punto de besarla?

Luke la miró como si fuera un objeto de estudio, como lo haría un científico al examinar algo a través del microscopio. Luke era la única persona que la miraba así y eso la ponía nerviosa. Era como si reconociera a la niña abandonada y asustada que ella había tratado de olvidar años atrás.

La niña a la que nadie conocía.

Nadie.

–Abby, estoy muy ocupado en estos momentos y...

Abby le dio la caja de galletas.

–Toma, las he hecho para ti.

Luke agarró la caja.

–¿Por qué?

–Son tus galletas preferidas. Están recién salidas del horno.

Luke lanzó un paciente suspiro y dejó la caja encima de la consola de la entrada. Después, la llevó al cuarto de estar y le indicó con un gesto de la mano que se sentara en el sofá, pero él permaneció de pie.

–¿Qué es lo que quieres?

–Eres un poco brusco, ¿no te parece? Estás suponiendo que, por el hecho de haber venido a tu casa con unas galletas quiero algo a cambio –dijo Abby cruzándose de brazos.

Cuando los ojos azul oscuro de Luke se clavaron en los suyos, Abby sintió un cosquilleo en el vientre. Él carraspeó y se pasó una mano por una mandíbula con barba incipiente. Le sorprendió verle así; normalmente, Luke iba siempre afeitado. Pero no le desagradó, sino todo lo contrario.

Lo que era aún más sorprendente, porque Abby

había aprendido a no prestar atención a Luke Shelverton. Era el hermano de su mejor amiga. Intocable. No obstante, estaba contemplando con excesiva admiración los bonitos rasgos de él. Los ojos azul zafiro de Luke estaban rodeados de pestañas negras bajo cejas igualmente negras, pero su cabello era castaño oscuro y, en esos momentos, lo tenía revuelto. Luke tenía anchas espaldas y caderas estrechas, y un abdomen con marcados músculos. Era un hombre de ensucño. Era un hombrc digno dc una cscultura dc Miguel Ángel.

–Abby, respecto a aquella noche... –dijo él.

–No he venido por lo de esa noche –lo interrumpió Abby–. Me interesa otra noche. La noche más importante de mi vida –Abby respiró hondo y soltó el aire con fuerza–. Necesito que me hagas un favor. Necesito un novio, un prometido, por una noche.

Ya. Por fin. Había confesado.

Luke se quedó inmóvil. Parecía de piedra.

El mismo cuarto de estar parecía haberse quedado sin aire.

Por fin, Luke respiró hondo y se acercó al mueble bar.

–Voy a hacer como si no te hubiera oído. ¿Te apetece beber algo antes de marcharte?

Abby se sentó en el sofá y cruzó las piernas como si se dispusiera a pasar allí toda la tarde. No iba a marcharse sin conseguir su objetivo.

–Una copa de vino tinto –el vino blanco no le servía para la ocasión. Y, por supuesto, no estaba de humor para beber champán.

Al menos, hasta lograr convencer a Luke.

Luke se acercó a ella con la copa y se la dio. Abby hizo un esfuerzo por no rozarle los dedos y, en el intento, ambos soltaron la copa que acabó cayéndosele en el jersey nuevo azul mezcla de algodón y cachemira. Bueno, no era completamente nuevo, lo había comprado en una tienda de segunda mano a un precio ridículo, pero era de cachemira.

–¡Vaya! –Abby se levantó del sofá y, al hacerlo, a parte de casi tirar a Luke al suelo, manchó la alfombra color crema y el sofá–. Oh, no...

Luke, con sus fuertes manos, la sujetó por los brazos. La sensación de los dedos de él en su cuerpo, a pesar de la ropa, fue electrizante. Luke, como si hubiera sentido la misma descarga, la soltó inmediatamente y se sacó un pañuelo del bolsillo. Durante un momento, ella creyó que Luke iba a secarle los pechos, pero él pareció recuperar la compostura y le dio el pañuelo.

–No te preocupes por la alfombra y el sofá, están tratados con un protector contra las manchas –dijo él con voz muy ronca.

Abby se secó el pecho e intentó ignorar lo cerca que estaban el uno del otro. Olió la lima de la loción para después del afeitado de Luke y algo más, algo completamente viril. Pudo ver los puntitos negros de la incipiente barba rodeando esa boca digna de una escultura. Y deseó tocarla para ver si arañaba tanto como parecía.

Hizo una bola con el pañuelo manchado y con la otra se separó el tejido mojado del jersey del cuerpo.

–¿Podrías darme algo para ponerme? Me gustaría aclarar el jersey antes de que se fije la mancha.

–¿Por qué no te pones el abrigo?

Abby sopló.

–Este jersey me ha costado el sueldo de una semana –no estaba dispuesta a admitir que era un jersey barato de segunda mano–. Y no digamos nada de mi sujetador.

El sujetador no era de segunda mano y le había costado una fortuna, jamás llevaría ropa interior que había sido usada por otra. Eso ya lo había hecho de pequeña.

Luke frunció el ceño.

–Increíble.

–¿Qué? ¿Qué has dicho? Trabajo en una revista de modas, tengo que ir bien vestida. No puedo ir por ahí vestida con andrajos.

–¿No te hacen descuentos?

–No soy editora. Escribo una columna semanal sobre las relaciones de pareja.

–Acompáñame –dijo Luke, y la hizo salir del cuarto de estar para llevarla al cuarto de baño del piso bajo–. Espera aquí, voy a subir por algo para que te pongas.

Abby cerró la puerta del baño y se quitó el jersey. Se miró el sujetador. ¿Por qué llevaba ese blanco virginal en vez del rojo?

«¿Porque eres virgen?»

«No quiero pensar en eso».

Y entonces se preguntó... ¿cuánto tiempo hacía que Luke no se acostaba con nadie? ¿Había tenido alguna relación después de la muerte de Kimberley? Cinco años de celibato eran muchos años para una persona acostumbrada a una vida sexual plena. Estaba segura de que así había sido. Los hombres tan atractivos como Luke Shelverton no tenían que esforzarse para encontrar amantes. Con una sola mirada podía conquistar a cualquier mujer.

Cuando Luke llamó a la puerta del baño, Abby se cubrió los pechos con una toalla y abrió. Luke le pasó un jersey de lana fina del mismo color que sus ojos.

–Es muy grande, pero no tengo nada de tu tamaño.

Abby agarró el jersey y se lo pegó al pecho, por encima de la toalla.

–Ella me dijo que creía que todavía tenías ropa de Kimberley.

–¿Esto de hacerme pasar por novio tuyo es algo que Ella y tú habéis fraguado? –preguntó Luke, el azul de su mirada se tornó gélido.

–No. Ha sido idea mía, pero a Ella le ha parecido bien. Dijo que ya era hora de que hicieras algo a parte de trabajar. Y como Ella y tú sois los únicos que sabéis que no tengo novio, eres, en cierto modo, el único que puede ayudarme.

–¿Y tu familia? ¿No lo saben?

Familia. Otro aspecto de su vida que había falseado. Ni siquiera Ella sabía la realidad de su infancia. Abby no tenía familia y no quería que sus amigos, y menos sus fans, supieran que se había criado en casas de acogida. La última familia con la que había estado había sido la mejor, pero tampoco había mantenido el contacto con ninguno de sus miembros después de salir del sistema de acogida.

Ni siquiera su apellido era el verdadero porque tenía mucho que ocultar. No quería que nadie buscara en Internet y descubriera que su verdadera madre había sido una prostituta adicta a las drogas y que su padre biológico estaba en la cárcel por agresión con arma blanca. Estaba avergonzada de sus padres. No quería recordar su infancia, carente de cariño y seguridad.

No quería.

Era mejor guardar ciertas cosas en secreto.

–Claro que lo saben –respondió Abby esquivando la mirada de él–. Pero ellos no pueden hacer nada. Eres la única persona a la que le puedo pedir este favor.

–Lo siento, Abby, pero vas a tener que buscarte a otro.

A Abby se le olvidó el sujetador manchado de vino y devolvió el jersey a Luke.

–Luke, sé que lo has pasado muy mal estos últimos cinco años, pero... ¿en serio no te apetece salir una noche por ahí como hace la gente normal?

Luke clavó los ojos momentáneamente en el sujetador de ella; después, alzó la mirada de nuevo.

–¿Qué tiene de normal mentir a millones de personas diciendo que tienes una relación, cuando no la tienes?

Abby agarró su jersey, encima del mostrador en el que estaba empotrado el lavabo, y se lo puso con furia.

–Te diré lo que es normal. Lo que es normal es ayudar a los amigos cuando están en un apuro. Sin embargo, desde la muerte de Kimberley, no has hecho más que apartarte de tu familia y tus amigos sin tener en cuenta que son estos los que pueden ayudarte a superar el trauma. Además, hay gente que te necesita, Luke. Ella y tu madre te necesitan, y yo también.

–Creo que has dicho suficiente –respondió Luke apretando los labios.

No, no había dicho todo lo que quería y no iba a renunciar a su plan. Tenía que convencerle de que la ayudara.

–Mi carrera está en juego, Luke. No puedo ir a la fiesta sin mi supuesto novio. Me despedirían de inmediato si se enteraran de que lo he inventado. Quiero ayudar a recaudar fondos para esta obra benéfica. Van a ir patrocinadores dispuestos a pagar cientos de libras, incluso miles, por verme con mi novio. Tienes que ayudarme, Luke. Tienes que acompañarme a la fiesta. ¡Tienes que hacerlo!

Luke, con los brazos cruzados y aspecto inamovible, sacudió la cabeza mirándola como a una niña en plena rabieta.

–No.

Una profunda desesperación se apoderó de ella. Mucha gente iría a la fiesta. Gente importante. Estrellas del cine, gente famosa, incluso quizá algún miembro de la realeza.

La gente esperaba ver a Abby con su novio. Presentarse sola a la fiesta era impensable. ¿Por qué Luke se negaba a hacerle ese pequeño favor?

Abby salió del cuarto de baño pasando por delante de él y volvió al cuarto de estar, donde había dejado el bolso y el móvil.

–En fin, creía que eras mi amigo; pero, evidentemente, estaba equivocada.

–Te has puesto el jersey del revés –dijo él con expresión fría.

Abby se miró el jersey y contuvo un gruñido.

¿Por qué era tan patosa en presencia de Luke? No ayudaba a su causa comportarse como una payasa. Dejó el móvil, se sacó las mangas, dio la vuelta al jersey y se lo colocó bien.

–Ya está. ¿Contento, don Perfecto?

¿Don Perfecto?

Luke clavó los ojos en sus labios momentáneamente; después, volvió a mirarla a los ojos como si estuviera luchando contra sí mismo.

–¿Por qué no le has dicho nada a Ella sobre aquella noche?

–¿Cómo sabes que no se lo he contado?

–Lo habría mencionado si lo hubieras hecho.

Abby lanzó un suspiro.

–No quería que se enterase de que estabas ahogando tus penas en alcohol. Ya está suficientemente preocupada por ti.

–No estaba borracho –dijo Luke, que parecía sorprendido–. Tenía una migraña.

–¿Una migraña? –Abby frunció el ceño–. Pero yo vi una copa vacía encima de...

–Me había tomado una copa al terminar de trabajar y eso me provocó la migraña. Me dan de vez en cuando.

¿Sabían la hermana y la madre de Luke que este padecía migrañas? Abby le miró la boca y después los ojos. ¿Había imaginado que Luke había estado a punto de besarla? ¿Había querido ella que Luke la besara?

Sí, claro que sí.

–¿Te acuerdas de lo que pasó esa noche? –preguntó Abby–. ¿Te acuerdas de algo?

–No mucho. No hice ni dije nada indebido, ¿verdad?

Abby no pudo controlar el impulso de pasarse la lengua por los labios, que los tenía muy secos. La mirada de él siguió los movimientos de su lengua.

–¿Te refieres a si te insinuaste?

Una sombra de preocupación ensombreció el rostro de él.

–Por favor, dime que no lo hice.

–Quizá, si me volvieras a besar, lo recordarías.

«¿Tc has vuclto loca, Abby?»

Abby no sabía por qué había mentido y le había desafiado con semejante descaro, pero ya estaba hecho.

A lo mejor, lo había hecho porque quería que Luke la besara. Lo deseaba desde aquella noche.

Quería un beso de verdad, no un piquito.

Abby no podía apartar la mirada de la boca de él ni dejar de imaginar esos labios pegados a los suyos. Se preguntó cómo sería la boca de Luke... ¿dura o suave o a medias entre las dos cosas? ¿Sabría a café, a menta o a coñac? Estaba casi marcada solo de pensarlo.

Luke se acercó a ella y le puso una cálida mano en la barbilla. Era la primera vez que la tocaba, a parte de aquella noche, y ocurrió lo mismo que entonces: unas terminaciones nerviosas que no sabía que poseía iniciaron un baile sorprendente. El aire entre ambos se cargó de energía magnética, una corriente invisible.

Se fijó en las negras pestañas de él alrededor de unos ojos lapislázuli con unas pupilas tan negras como la tinta. Miró fijamente la esculpida boca de Luke y, de nuevo, se preguntó qué se sentiría con esos labios sobre los suyos.

–No voy a ir a la fiesta. ¿Entendido? –declaró él con firmeza.

Abby tenía que hacerle cambiar de opinión. Tenía que hacerlo. Tenía que hacerlo. Tenía que hacerlo. Su carrera dependía de ello. Y su reputación. Y también sufrirían los niños que iban a recibir el dinero que se recaudara en la fiesta si ella no aparecía con un novio.

Lanzó un suspiró y, adoptando una expresión avergonzada, dijo:

–De acuerdo, lo confieso, no me besaste aquella noche. Ni siquiera lo intentaste. Pero...

–En ese caso, ¿por qué me has mentido? –Luke apartó la mano del rostro de ella y frunció el ceño.

–No lo sé –respondió ella enrojeciendo de pies a cabeza.

–¿Que no lo sabes?

Abby se mordió los labios.

–Me sorprendió mucho verte así aquella noche y, tontamente, supuse que estabas borracho.

–¿Pero por qué me has dicho que me había insinuado si ni siquiera te toqué?

–Sí me tocaste.

Luke pareció perplejo.

–¿Te toqué?

–Me rodeaste la cintura con un brazo mientras yo te llevaba a la cama –contestó Abby–. Después, pusiste la cabeza en mi hombro y me miraste como si fueras a besarme.

No se atrevió a mencionar que le había acariciado el rostro.

–Por favor, Luke, no te hagas de rogar. Perdona por mentirte, no debería haberte dicho que me besaste. Pero me juego mucho en esa fiesta. Es solo una noche; después, todo se acabará y no volveré a pedirte un favor en la vida. Te lo prometo.

–¿Por qué es esa fiesta tan importante? ¿No es una más de esas fiestas a las que vas?

–Sé que mi trabajo en una revista del corazón debe parecerte ridículo, pero da la casualidad de que la fiesta de mañana por la noche es el evento con fines benéficos más importante del año –declaró Abby–. Habrá una subasta secreta y también una subasta normal, un concurso con miles de libras en premios y una cena preparada por un cocinero famoso, y todo lo que se recaude irá para los niños en peligro de exclusión. Hay una cola de espera de tres a cuatro años para obtener entradas. Si no voy con mi supuesto novio, mi jefa me despedirá por habérmelo inventado. Y no puedo presentarme sin mi media naranja porque hemos sido nominados la pareja más famosa e influyente del año.

–Tarde o temprano tendrás que confesar públicamente que no tienes novio.

Abby sabía que, tarde o temprano, tendría que decir que su novio y ella habían roto; pero sería mucho más fácil si Luke fuera a la fiesta con ella. Incluso podría dedicar consejos respecto a las rupturas en las relaciones después de la fiesta. Confesar en público, ella, una supuesta experta en relaciones sentimentales, que no tenía novio y que era virgen sería un suicidio.

–¿Es que no lo entiendes, Luke? Para romper con mi novio tengo que tener un novio. Con el tiempo, estoy segura de que encontraré a alguien. Pero antes tengo que ir a la fiesta.

Luke puso cara de no poder creer aquello.

–Si no te importa, tengo trabajo.

Abby sabía que era la última oportunidad que tenía para convencerle de que la acompañara.

–Por favor, por favor, Luke, te lo ruego. Solo un par de horas. Podrás marcharte pronto, nadie sospechará nada. Piensa en esos pobre niños que necesitan ayuda. Podrías cambiar su vida si te hicieras pasar por mi novio durante dos horas.

Luke se la quedó mirando. Por fin, lanzó un suspiro dc resignación.

–Está bien, tú ganas. Iré, pero dos horas a lo sumo. Y que te entre en la cabeza que esto no se va a repetir.

Abby sintió tal alivio que tuvo que hacer un ímprobo esfuerzo para no echarse a sus brazos. Y para no besarle, por tentador que fuera.

–Sí, sí, claro, por supuesto. Solo una noche. Te lo prometo.

Después de hablar cómo había que ir vestido a la fiesta y de quedar en que él fuera a recogerla a su casa, Luke la acompañó a la puerta.

–Y otra cosa –dijo él.

–¿Sí?

–Voy a hacerme pasar por una persona que no existe, pero ahí acaba todo. ¿Entendido?

Abby se preguntó a qué se debería aquel comentario.

–Espero que no estés pensando que quiero casarme contigo, porque sería ridículo.

–Me alegra saberlo –contestó Luke–. Hasta mañana, Cenicienta.

Capítulo 2

CUANDO Abby salió de su casa, Luke cerró la puerta y lanzó una maldición. Maldita chica. ¿Cómo había conseguido convencerle? ¿Cómo había accedido a participar en semejante farsa? No le gustaban las fiestas. No salía a cenar a menos que fuera por motivos de trabajo.

Y, por supuesto, no salía con chicas.

Desde la muerte de Kimberley no le apetecía salir con nadie. No se le daban bien las relaciones sentimentales, como había sido el caso con Kimberley; a pesar de haberlo intentado, no había logrado llegar muy lejos en su relación con ella. En vida, Kimberley solía pasar varias noches a la semana en su casa e incluso había dejado allí alguna ropa y artículos de aseo; pero Luke no le había permitido que se fuera a vivir con él definitivamente. Por aquel entonces no había estado en contra del matrimonio, incluso había contemplado la posibilidad de casarse, pero no con Kimberley, ella no había sido la persona adecuada para él.

Entonces, horas después de romper con ella, Kimberley falleció.

La idea de tener relaciones con otra persona le causaba claustrofobia. Le hacía sentirse atado, ahogado.

Pero ayudar a Abby ahora... En fin, había sido muy considerado por parte de ella no haberle contado a su hermana y a su madre el estado en el que le había encontrado seis meses atrás, les habría causado un ataque de pánico. No recordaba gran cosa de aquella noche; de estar con vida, habría sido el cumpleaños de Kimberley, y la tensión le había provocado una migraña. Ocurría siempre. Había ido a visitar a los padres de Kimberley y, al volver a casa, le había cntrado jaqueca.

Los padres de Kimberley le invitaban siempre y él había ido por consideración hacia ellos. Un deber que se había impuesto a sí mismo.

Por sentirse culpable.

En cierto modo, se arrepentía de haberle abierto la puerta a Abby aquella noche. Hacía media hora que había regresado a su casa, se había tomado una copa de vino y el alcohol le había provocado la migraña.

Recordaba la llegada de Abby, con una sonrisa radiante, mirándole como un perrillo faldero con esos ojos castaños.

Y recordaba su boca.

No se le había olvidado, ni estando en coma. Era una boca llena, sensual... que le hacía pensar en el sexo. Con Abby.

Algo impensable teniendo en cuenta que Abby era la mejor amiga de su hermana pequeña.

Había cosas que no se podían hacer, y esa era una de ellas. Además, no estaba interesado en tener relaciones con nadie.

No quería preocuparse por el estado emocional de nadie. ¿Cómo iba a sentirse bien en una relación después del trauma del trágico final de Kimberley? Aunque no había estado enamorado de ella, le había afectado mucho su muerte.

Pero... ¿qué iba a hacer respecto a Abby?

Una de las pocas cosas que recordaba de aquella noche era el cabello castaño de Abby cosquilleándole el rostro al apoyar la cabeza en el hombro de ella. Un pelo que olía a flores de primavera. Y el contacto... No sabía si ella le había tocado a él primero o viceversa.

Pero daba igual. Lo importante era que sí recordaba lo que había sentido, lo mismo que al acariciarle la mejilla con anterioridad. La piel de Abby era tan suave como el pétalo de una magnolia y su naricilla, salpicada de pecas, era encantadora.

Aunque no la había besado aquella noche, había querido hacerlo. Eso sí lo recordaba con toda claridad. ¿Cómo podía olvidar esa boca, con migraña o sin ella? Llevaba seis meses pensando en esos labios, imaginando a Abby en sus brazos, besándose...

Y sí, haciéndole el amor.

Luke no sabía exactamente por qué, al final, había consentido en hacerse pasar por su novio. Aunque quizá sí lo supiera. Las lágrimas de Abby habían provocado algo en él. Miedo. Miedo a que Abby pudiera hacer una tontería que acabara destruyendo...

No, no iba a pensar en eso. No, Abby no era como Kimberley. Abby era pragmática, fuerte y tenía aguante, cosas de las que Kimberley había carecido. Las lágrimas de Abby eran comprensibles teniendo en cuenta lo que se jugaba.

Solo iban a ser dos horas. Dos horas fingiendo ser el novio perfecto de Abby.

No era tan complicado.

Abby se estaba subiendo la cremallera de la espalda del vestido de noche cuando oyó llegar a Luke. Se sujetó la espalda del vestido con una mano y salió de su habitación para abrir la puerta.

No había visto nunca a Luke con traje de etiqueta. Con ropa deportiva era suficientemente guapo como para parar el tráfico. Con vestimenta formal podía incluso parar el tráfico aéreo. Incluso un cohete.

Luke la dejó sin respiración. Tuvo que tragar saliva un par de veces para poder hablar.

–Hola. No consigo subirme la cremallera. ¿Te importaría echarme una mano?

–No, no me importa –dijo él, y cerró la puerta de la entrada–. Date la vuelta.

Abby contuvo el aliento al sentir los dedos de él rozarle la piel. Un tembloroso cosquilleo le recorrió el cuerpo y algo en lo más profundo de su cuerpo prendió fuego. Algo primitivo se apoderó de ella. Si se echaba ligeramente hacia atrás entraría en contacto con el pecho de Luke, con sus caderas... y con otras cosas.

Cosas de hombre.

Pero la cremallera no daba para más.

–La cremallera ha pillado la tela y se ha atascado –dijo Luke mientras intentaba hacer funcionar el mecanismo.

Sintió el aliento de Luke en la espalda y contuvo

un temblor. Pensó en esas manos, bajando, acariciándole las nalgas, acariciándole la entrepierna...

Por fin, Luke consiguió subirle la cremallera.

–Ya está.

Sí, ya estaba. Abby jamás había estado tan excitada sexualmente. Se dio media vuelta, con la esperanza de que su rostro no reflejara sus lascivos pensamientos. Si no dejaba de sonrojarse podría bajar la calefacción.

–Quiero que me hagas otro favor... Espcra, voy a mi habitación un momento.

Abby regresó con una cadena con un colgantc, un brillante falso, y se lo dio a Luke. Era una buena imitación. Apenas se notaba la diferencia con un brillante auténtico.

–El cierre es tan pequeño que nunca puedo abrochármelo yo sola.

Lukc examinó la fina cadena y después el «brillante».

–¿Quién te ha regalado esto?

–Tú.

–¿Yo? –Luke arrugó el ceño.

–No tú como tú –respondió Abby–. Tú como mi prometido.

Luke puso cara de pensar que lo que ella necesitaba era una camisa de fuerza.

–¿Lo dices en serio? ¿Te compras cosas que luego dices que te ha regalado alguien que no existe, que te has inventado?

–¿Y qué? Es por una buena causa –contestó ella–. Ayudo a mucha gente. Ese es mi trabajo. Ayudo en las relaciones amorosas.

–Teniendo en cuenta que tú no tienes relaciones amorosas... –comentó él con ironía.

–Mira quién habla –Abby se dio la vuelta para evitar su mirada.

Abby se había alzado el cabello para que él le pusiera la cadena, todo su cuerpo reaccionó al sentir el roce de los dedos de Luke.

–¿Y cómo sabes que no tengo relaciones amorosas? –preguntó Abby volviéndose de nuevo, ya con la cadcna colgando de su cuello . Podría tener docenas de amantes sin que nadie lo sepa.

–¿Y de esa docena de amantes no has conseguido convencer a ninguno para que te acompañe a la fiesta?

Abby no iba a dar explicaciones sobre por qué, a la edad de veintitrés años, no tenía novio ni había tenido relaciones sexuales con nadie. Ni siquiera Ella lo sabía todo sobre ella. ¿Cómo iba a contarle a su mejor amiga que su madre era una prostituta adicta a las drogas? ¿Y cómo iba a contarle que antes de cumplir los tres años oía a su madre con sus clientes en la habitación de al lado o en la misma habitación y que eso había condicionado su desarrollo sexual? Solo la habían besado un par de veces y se había negado a ir más allá. Incluso se preguntaba si no sería frígida.

–Conseguí este trabajo, algo que, con franqueza, no esperaba –dijo Abby–. Era la menos cualificada de los candidatos. Sin embargo, no sé por qué me eligieron a mí. Entonces escribí un par de columnas sobre mi novio de toda la vida y mis lectores creyeron que de verdad existía. Y como les encantaba que hablara de él, continué haciéndolo.

–¿Cuánto tiempo llevas trabajando en esa revista?

–Dos años y medio.

–¿Y llevas dos años y medio haciendo creer que...?

–Sí, ya lo sé, parece una locura –lo interrumpió ella–. Y probablemente lo sea, pero deseaba mucho este trabajo y estaba dispuesta a todo por conseguirlo.

–¿A todo?

Abby se mordió el labio inferior.

–Bueno, puede que no a todo, pero no me costó mucho decir que tenía un novio maravilloso. Además, supongo que existen tipos así, ¿no? Hay mucha gente que se casa y es feliz.

–Tanta como gente que se divorcia.

–El hecho de que tus padres tuvieran un divorcio horrible cuando tú eras adolescente no significa que...

–Si no nos vamos ya van a pasar las dos horas de las que dispones antes de ir a la fiesta –dijo Luke con las llaves del coche en la mano.

Abby agarró su chal y se lo echó por los hombros.

–Si Kimberley no hubiera muerto, ¿os habríais casado?

–Abby –dijo él en tono de severa advertencia.

–Perdona. ¿Me estoy metiendo donde no me llaman? Solo quería saber cuánto tiempo llevabais saliendo juntos.

–Tres años –Luke apretó los labios.

–¿Tenías pensado casaros?

–¿Quieres que te acompañe a la fiesta o no? –preguntó Luke enojado.

Por algo era periodista Abby. Sabía cómo sacar

sangre de las piedras. Una de sus estratagemas era hacer hablar a la gente para así evitar hablar de sí misma.

–¿Estabas enamorado de ella?

Luke abrió la puerta de la casa.

–Vamos, fuera –dijo Luke con la mirada ensombrecida. Se le veía enfadado y... algo más.

–¿Estás enfadado conmigo o con la vida en general? El sufrimiento puede hacer que...

–Déjate de psicología barata conmigo –dijo Luke–. Resérvala para los idiotas que caen en la trampa.

–Te noto muy suspicaz respecto al tema de tu relación con...

–No estaba enamorado de ella, ¿contenta? –Luke respiró hondo para calmarse y se pasó una mano por el rostro–. Y no, tampoco tenía intención de casarme con Kimberley.

–Pero la echas de menos.

Luke hizo una mueca.

–Era una buena chica. No merecía morir tan joven.

Abby le tocó el brazo cariñosamente.

–Estoy segura de que a Kimberley le gustaría que rehicieras tu vida. No tienes que pasarte el resto de la vida sufriendo por lo que le pasó.

La forma como la miró la hizo temblar.

–¿Te estás ofreciendo como sustituta?

Abby apartó la mano del brazo de Luke.

–Claro que no. Tú no eres mi tipo.

–¿No soy lo suficientemente perfecto? –dijo él con una nota de cinismo.

–No tiene nada de malo querer lo mejor para uno mismo –declaró Abby–; sobre todo, si se es mujer. Las mujeres siempre se conforman con un segundo plato en vez de exigir el primero. ¿Por qué no podemos tener lo que queremos? ¿Por qué no aspirar al compañero perfecto?

–Hasta el momento, el único compañero perfecto que has encontrado vive solo en tu imaginación.

–Hasta el momento –Abby asintió–. Pero no me he dado por vencida todavía.

–Pues buena suerte.

Mientras sostenía la portezuela de coche para que entrara Abby, a Luke le costó mucho trabajo apartar los ojos de su escote. El vestido de noche verde esmeralda le ceñía el cuerpo como un guante, mostrando claramente sus cualidades. Abby no era excesivamente delgada, pero sus curvas estaban muy bien puestas. El colgante imitación a brillante se balanceaba entre los pechos, sin sujetador, y le hacían desear pasar la lengua por esa cremosa piel y morderle los pezones. Abby llevaba un peinado de esos que parecían poco elaborados; pero, al mismo tiempo, era elegante. El maquillaje de los ojos los hacía más grandes, pero era la boca lo que le cautivaba.

La boca de Abby hacía que se le cayera la baba.

Luke se sentó al volante preguntándose si Abby llevaba bragas o no. De repente, la súbita excitación que se apoderó de él le dejó sin respiración.

Abby volvió el rostro y lo miró.

–¿Te pasa algo?

Luke agarró el volante con fuerza.

–Sí.

–Has hecho un ruido con la garganta como si... como si te doliera algo. No te está dando una migraña, ¿verdad?

«¿Por qué no se me ha ocurrido poner esa disculpa?».

Porque él, una vez que se comprometía a algo, lo cumplía. Cuando tomaba una decisión, iba hasta el final. Dos horas dc su ticmpo no era excesivo. Menos mal.

–No. Lo que pasa es que no me apetece mucho ir a la fiesta y charlar con gente a la que no conozco. No es mi fuerte.

–No te preocupes, la música estará tan alta que no te dejará hablar.

Lo que podría ser una ventaja, teniendo en cuenta la dirección de sus pensamientos: el cuerpo desnudo de Abby, esos hermosos pechos en su boca y manos, las piernas de Abby alrededor de su cintura... Y él dentro de ella.

Puso freno a aquellas imaginaciones. No quería tener relaciones con nadie. Y Abby Hart, con su misión de un final feliz, era la última persona con la que debería fantasear. Abby perseguía un cuento de hadas. Él todavía no conseguía entender cómo Abby había hecho creer a sus lectores que tenía un novio que no existía. ¿Quién hacía eso? No existía ningún hombre que cumpliera los requisitos de Abby, y él era el último hombre en el planeta al que se le ocurriera intentarlo.

–Luke...

–¿Qué?

–Tengo que decirte unas cuantas cosas sobre nuestra relación. Ya sabes, las cosas que he contado a mis lectores.

Luke le lanzó una rápida mirada.

–¿Como qué?

Abby se mordió los labios.

–Por ejemplo, cómo me pediste que me casara contigo.

No quería ni pensar en lo que la calenturienta imaginación de Abby había inventado.

–¿Cómo?

–Me llevaste a París a pasar un fin de semana. Reservaste la suite del ático de un lujoso hotel y les habías pedido que salpicaran la cama de pétalos de rosa y que llenaran la habitación de flores –contestó ella–. Y había champán en una cubeta y fresas cubiertas de chocolate en un cuenco de cristal.

–¿Y? –Luke suponía que no eso no era todo. París, champán, fresas y pétalos de rosa estaba dentro de lo razonable. Pero nada escapaba a lo que Abby consideraba razonable.

–Bueno... Te arrodillaste delante de mí y me dijiste que, para ti, no había otra mujer en el mundo, que me querías más que a tu propia vida. Entonces, sacaste una caja con una sortija y me pediste que me casara contigo.

Luke no se imaginaba a sí mismo decir algo así a nadie.

–Tenías los ojos llenos de lágrimas –añadió ella–. Muchas lágrimas. De hecho, estabas llorando. Los dos lloramos porque estábamos muy felices y...

–¡Por favor, Abby! Ni siquiera me acuerdo de cuándo fue la última vez que lloré.

–Sé que a los hombres les cuesta expresar sus sentimientos, pero... ¿no lloraste cuando murió Kimberley?

–No.

–Oh.

Luke se había sentido tan culpable que no le había sido posible sentir nada más. Le resultó imposible creer que la mujer con la que había estado dos horas antes había fallecido. Después de que le llamaran los padres de ella, el había guardado la copa en la que Kimberley había bebido, con la marca del carmín de labios de ella en el borde. Había ayudado a organizar el funeral de Kimberley y, por ayudar a sus padres, se había encargado de dar la noticia a sus conocidos y amigos. Lo había hecho automáticamente. Había dicho lo que tenía que decir y había hecho lo que tenía que hacer sintiéndose como si una barrera de cristal se hubiera interpuesto entre el resto del mundo y él.

Y seguía así.

–Su familia ya lo estaba pasando suficientemente mal como para que yo les hiciera sufrir más.

Sintió la interrogante mirada de Abby.

–¿Y cuando estabas solo? ¿No llorabas?

–No todo el mundo llora cuando sufre. Hay otras formas de expresar la tristeza.

–Pero llorar ayuda mucho –dijo Abby–. No deberías avergonzarte de llorar por ser un hombre. Eso es una ridiculez. Todo el mundo debería poder llorar al margen de si es hombre o mujer.

A la entrada del lujoso hotel, Luke se colocó a la cola para que uno de los aparcacoches se llevara el suyo.

–Bueno, Cenicienta, ¿alguna cosa más que deba saber antes de presentarnos en la fiesta?

–Bueno, una cosa más –dijo ella enrojeciendo.

–Adelante.

Abby se humedeció los labios con la punta de la lengua.

–No dejas de decirme, en público, que me querrás siempre.

Luke no se acordaba de cuándo había sido la última vez que había dicho a su madre y a su hermana que las quería. No era un hombre de muchas palabras. Actuaba en vez de hablar. Su padre era lo opuesto a él, muchas palabras y promesas que no cumplía nunca.

–Bueno.

–Y me dices cosas cariñosas constantemente. Me llamas cielo, cariño, mi vida...

Eso era otra de las cosas que él no hacía. Pero...

–Entendido.

–Y nos besamos. Mucho.

La entrepierna de Luke protestó. Solo con ver la boca de Abby la sangre le hervía. ¿Qué iba a pasar si la besaba?

–No estoy acostumbrado a hacer eso en público.

–Pues esta noche sí.

¡Maldición! ¿En qué lío se había metido?

–¿No te va a molestar que te bese? –preguntó Luke frunciendo el ceño.

Abby lo miró a los ojos y a la boca.

–Quizá debiéramos practicar un poco primero. Lo digo para que no nos quedemos parados o sin saber qué hacer delante de todo el mundo.

Luke no lograba apartar los ojos de la boca de ella.

–¿Dónde te parece que deberíamos practicar? ¿En el coche?

–Tenemos tiempo antes de que nos llegue el turno –dijo Abby mirando a la fila de coches esperando.

Hacía cinco años que Luke no besaba a una mujer; sin contar, claro, los besos en las mejillas de su madre y su hermana.

–¿En serio te parece necesario?

Abby se inclinó hacia él, su rostro tan cerca del suyo que pudo sentir el aliento de ella en sus labios.

–Bésame, Luke.

Con la sangre corriéndole por las venas a gran velocidad y sintiendo una erección, Luke acarició la mejilla de Abby antes de posar los labios en los de ella. Se dispuso a separarse, pero la boca de Abby se aferró a la suya y una especie de terremoto le sacudió. Volvió a besarla, respiró su aroma y se deleitó con ese sabor a fruta fresca. Abby emitió un suave gemido, abrió la entrada a su lengua y la acarició con la suya.

Luke no quería dejar de besarla. Podría haberse pasado la noche entera así.

Le aplastó la boca con la suya al tiempo que le ponía una mano en la nuca para profundizar el beso. Ella entrelazó las manos en la nuca de él, sus gemidos de placer hicieron vibrar su virilidad. Hacía años que no se excitaba tanto con un beso. Quizá fuese la primera vez. La suave boca de Abby, adaptada a la suya, se movió a un ritmo sensual que se hacía eco del martilleo de su sangre. El perfume de Abby inundaba sus sentidos, la voluptuosidad de aquellos senos hacía peligrar el control que tenía sobre sí mismo.

Los gritos de la gente y los disparos de las cámaras de los fotógrafos rompieron el hechizo.

Abby, con los labios hinchados y el rostro sonrojado, se apartó de él y le dedicó una trémula sonrisa.

–¡Vaya! ¡Quién lo habría dicho!

–Por favor, dime que no va a salir en las revistas una foto de nosotros besándonos –dijo Luke.

–Lo siento –respondió ella mordiéndose los labios.

Capítulo 3

ABBY aún no había recuperado el sentido cuando Luke la ayudó a salir del coche. Sentía un delicioso cosquilleo tanto en la boca como en cierta parte de su cuerpo. Más que un cosquilleo era desazón, pulsaciones. La habían besado antes, pero no así. La boca de Luke le había quemado la suya, haciéndola perder el sentido del tiempo y del espacio. Pero aún más sorprendente era el hecho de que todo había sido natural, nada forzado. Se habían besado como si llevaran años haciéndolo, como si la boca del uno supiera lo que le gustaba a la boca del otro.

Los periodistas se les acercaron y Luke le rodeó la cintura con un brazo, un gesto protector. Ella le sonrió y el corazón dejó de latirle cuando Luke le devolvió la sonrisa. Los ojos de él cobraron vida; parecía más joven, más libre, menos serio y distante.

–Lista –dijo ella. «Al menos, eso creo».

Las cámaras no dejaron de disparar y una periodista se acercó a ella con un micrófono en la mano.

–Todo el mundo está deseando conocer a su hombre perfecto. ¿No podría presentarlo?

Abby sonrió a la periodista.

–Claro. Este es mi prometido, Luke...

–Eh, ¿no es usted Luke Shelverton, de Shelverton

Robotics? –preguntó otro periodista–. Usted es el creador de esa tecnología que ha revolucionado la cirugía neurológica en todo el mundo.

Luke aceptó el cumplido con una sonrisa tensa.

–Sí, así es.

–¿Cuándo van a casarse? –preguntó la periodista–. ¿Este verano?

Abby estaba pensando en qué contestar, pero Luke se le adelantó.

–No queremos hacerlo público todavía.

–Desde el punto de vista de un hombre, ¿podría usted dar algún consejo respecto a las relaciones amorosas? –preguntó el periodista.

–Lo importante es mostrarse siempre como uno es en realidad –contestó Luke. Entonces, comenzó a guiar a Abby hacia la puerta del hotel.

Pero la periodista no había terminado con sus preguntas.

–Vamos, algún consejo del hombre más romántico de todo Londres.

–Mírala a los ojos cuando hables con ella. Escúchala –contestó Luke.

–Escribiré eso en mi próxima columna –dijo Abby cuando, por fin, se vieron libres de los periodistas–. La gente está tan obsesionada con los móviles últimamente que no mira a nadie al hablar.

–Me debes una, señorita –dijo Luke.

Abby le dedicó una ladeada sonrisa.

–Perdona por todo esto. De todos modos, has estado magnífico. Tú también podrías escribir en una revista.

–Ni loco –respondió Luke mirándola fijamente, sus ojos parecían dos zafiros–. ¿Te he dicho lo guapa que estás esta noche? Deslumbrante. No hay un hombre aquí esta noche que no se cambiaría por mí.

Abby sabía que Luke solo decía eso por la proximidad a ellos de otros invitados. Por supuesto, como supuesto novio suyo, debía decirle cosas bonitas. Cosas maravillosas. Cosas que nunca nadie le había dicho. Luke estaba representando muy bien su papel. Pero... ¡Cómo le gustaría que le dijera todo eso sintiéndolo! ¿Cuándo le habían dicho que era preciosa? Sabía que era normal, que pasaba desapercibida. Pero sería fantástico que Luke creyera de verdad que era la mujer más bella de la fiesta, como Cenicienta.

«Te has vuelto completamente loca».

«Sí, sí, lo sé. Pero lo ha dicho con tanta sinceridad...»

–Gracias –Abby sonrió–. Pero no creo que pueda comer nada con este vestido, la cremallera me estallaría.

–¡Abby! –Felicity Kirby, la editora jefa, se les había acercado y procedió a dar dos besos a Abby en la mejilla–. Me muero de ganas de que me presentes a tu hombre perfecto –la mujer dedicó una deslumbrante sonrisa a Luke y le dio la mano–. Nos gustaría hacerle una entrevista tan pronto como sea posible. Su trabajo es extraordinario. La amiga de una amiga logró sobrevivir gracias a la operación en el cerebro que le hicieron con ese diminuto brazo robótico que usted inventó. Lo arreglaré todo para que le entrevisten. Abby me dará su teléfono y demás y haremos...

–No concedo entrevistas –la interrumpió Luke.

Felicity lo miró como si acabara de decir que no respiraba aire.

–Debe concedérnosla a nosotros. Todo el mundo quiere saber todo lo posible sobre su noviazgo con Abby. Ahora que sabemos quién es, necesitamos que nos cuente su versión de cómo es su relación con ella. Podría escribir un blog, como invitado, dando consejos sobre las relaciones amorosas. Será fabuloso.

–Lo siento, eso no me interesa.

Felicity, sin darse por vencida, apartó los ojos de él para clavarlos en Abby.

–Convéncele, cielo. Es muy interesante y también guapísimo. No me extraña que lo hayas tenido escondido todo este tiempo. Yo tampoco querría compartirlo con nadie.

–Ya veré lo que puedo hacer –Abby forzó una sonrisa.

Una vez que Felicity se hubo marchado, Luke le puso una mano en la espalda y, al hablar, lo hizo con completa frialdad.

–¿Vas a obligarme a repetirme?

–No. Lo he entendido perfectamente, nada de entrevistas –contestó Abby alzando los ojos al techo.

Luke lanzó un suspiro.

–Necesito una copa.

Abby le agarró una mano y tiró de él hacia un camarero con una bandeja con copas.

–Y yo.

Unos minutos después, Luke estaba con una copa de champán en la mano mientras Abby charlaba con algunos de los invitados en espera a que abrieran las puertas del salón de fiestas. Aparte de algunas palabras de vez en cuando, supuso que cuanto menos dijera mejor. Abby había contado a sus lectores cosas sobre él que le avergonzaban. ¿Él un experto en relaciones amorosas? Sin querer, había destruido todas y cada una de las relaciones que había tenido y no quería de ninguna manera repetir las equivocaciones que había cometido.

En lo que a dar entrevistas se refería... ¡Ni hablar! Su vida privada era eso, privada.

Una cosa tenía que reconocer, Abby estaba preciosa aquella noche y disfrutaba con las miradas de envidia que le lanzaban otros hombres. También disfrutaba cuando Abby le rozaba el cuerpo con el suyo en el concurrido vestíbulo. Él la tenía agarrada por la cintura y, de vez en cuando, Abby lo miraba y le sonreía.

Recordaba el sabor de su boca.

Los dulces y suaves labios de Abby le hacían desear ir más allá. Y, como a los demás hombres que estaban ahí, no podía apartar los ojos del escote de Abby. Aunque el escote no era excesivo, le atraía como la miel a las abejas.

–Vamos a echar un vistazo a la subasta secreta mientras esperamos –dijo Abby. Entonces, le condujo hacia el mostrador en el que había varios objetos–. Puede que veas algo que te guste.

Lo único que, hasta el momento, le gustaba era Abby con ese vestido. Las obras benéficas le parecían muy bien y aquella era una excelente causa, pero ninguno de aquellos objetos le gustó en especial, aunque había un par de cuadros interesantes. Tenía dinero más que suficiente para comprar lo que se le antojara. No le importaría hacer una donación sin recibir nada a cambio.

A Abby pareció gustarle uno de los artículos que iban a rifarse. Se quedó mirando uno de los premios: una semana de vacaciones en una isla privada del Mediterráneo.

–¿No sería maravilloso ganar ese premio? –dijo ella señalando la foto de una playa de arena blanca y una lujosa villa al fondo–. Me encantaría pasar una semana en una playa sin nadie más. ¡Imagínate ser tan rico como para tener tu propia isla!

Luke había pensado con frecuencia en comprar una isla, un refugio para escapar de las preocupaciones de la vida. Un lugar al que no pudiera seguirle la culpa que sentía. Había llegado incluso a buscar islas para comprar en Internet. La idea de la arena y el mar era realmente tentadora.

Casi tan tentadora como Abby.

–Un sitio perfecto para la luna de miel, ¿verdad, Abby? –dijo una mujer que trabajaba en la revista cuando pasó al lado de ellos.

Abby sonrió a la mujer antes de volverse de nuevo hacia él.

–Se puede ganar ese premio solo con asistir a la fiesta. ¿A que es estupendo? Todas las sillas del salón de fiestas tienen un número debajo del asiento. Al dar la medianoche anunciarán al ganador.

–Si ganaras, ¿a quién invitarías para que te acompañara? –Luke no sabía por qué había hecho esa pregunta.

Abby lanzó una carcajada al tiempo que sacudía la cabeza.

–No seré yo quien gane el premio. Jamás he ganado nada.

Por fin se abrieron las puertas del salón de fiestas y Abby emitió un sonido de admiración al ver el decorado. Le agarró la mano con fuerza, como una niña pequeña en una tienda de golosinas. Incluso él admitió que presentaba un aspecto extraordinario. Guirnaldas de flores adornaban la estancia y otros arreglos florales, más grandes, flanqueaban el escenario en el quc un grupo de música tocaba una canción de bienvenida. En las mesas había copas de cristal, cubertería de plata y más ramos de flores, por encima había coloridos globos de helio.

Cenaron y, durante los postres, el grupo de música empezó a tocar otra vez.

Luke agarró la mano de Abby y se levantó de la silla.

–¿Te apetece bailar?

La sonrisa de ella fue como un rayo de sol en medio de un día gris de invierno.

–Me encantaría –Abby se puso en pie, se acercó a él y le susurró al oído–. Por cierto, le he contado a todo el mundo que eres un bailarín magnífico.

«Sí, te creo», pensó Luke alzando los ojos al techo.

–A ver si hay suerte y no decepcionamos a nadie.

Cuando pisaron la pista de baile, Luke la rodeó con sus brazos y acercó el cuerpo al suyo, posando una de sus manos en la piel desnuda que el escote de la espalda dejaba al descubierto. Sintió cosquillas en la piel y casi se quedó sin respiración cuando la pelvis de Luke, transmitiendo una inconfundible excitación, entró en contacto con la suya.

No se había equivocado al asegurar a sus lectores que Luke bailaba maravillosamente bien. Movía el cuerpo en perfecta armonía con el de ella, parecían una pareja que había estado entrenándose para una competición de baile. Ni siquiera la cola del vestido le resultó un obstáculo mientras se movía con ella por la pista de baile sin pisarla ni una sola vez y evitando que la pisara otro.

Hacía mucho tiempo que Abby no bailaba con nadie. Desde que declaró tener novio, no iba a fiestas para evitar inventar excusas con el fin de justificar que su novio no la acompañara. Ni siquiera salía a cenar con gente, a menos que fuera con alguna amiga. Había hecho un gran esfuerzo para integrarse, para parecer normal, pero había acabado sintiéndose rara y sin las cosas que para otra gente era el pan de cada día. Así había sido su infancia también. ¿Por qué seguía ocurriéndole lo mismo?

¿Estaba condenada a sentirse siempre marginada?

Pero ahora, en los brazos de Luke, se dio cuenta de lo que le faltaba. Le gustaba haber salido con él como pareja, beber y comer con Luke, y bailar. Y le gustaba más aún saber que Luke y ella compartían un secreto. Nadie sospechaba que no fueran novios de verdad. ¡Sí, lo había conseguido! Nadie se iba a mofar de ella ni a humillarla. Pero no solo eso, el secreto compartido confería más intimidad a su relación, haciéndolo todo más excitante. Todos los allí presentes creían que estaban profundamente enamorados.

Todos creían que eran amantes.

«Estaría muy bien que fueras tú el hombre para mí».

Abby parpadeó. ¿Por qué iba ella a querer ser novia de Luke? Él estaba allí solo por hacerle un favor y había puesto un límite: dos horas. ¡Dos miserables horas! Lo que demostraba que no era su tipo. Luke carecía de espontaneidad. Era tieso, formal, no sonreía nunca y no era en absoluto romántico. Era adicto al trabajo. Debía trabajar incluso mientras dormía. Eso si dormía.

«Pero eso no quiere decir que no podáis ser amantes en la vida real».

¿Por qué había pensado eso? El problema había sido el beso. Luke besaba como un hombre con mucha experiencia. Había despertado en ella algo que no iba a desaparecer fácilmente.

Luke llevaba cinco años, solo, sin pareja. Ella nunca había tenido un amante y no podía buscarse uno mientras fingía estaba prometida con el hombre de su vida.

¿Por qué no Luke?

Abby no se tomaba el sexo a la ligera; sobre todo, teniendo en cuenta la vida sexual de su madre, caótica y por dinero. Pero... ¿cómo iba a sentirse normal de seguir siendo virgen al cumplir los treinta o los cuarenta o incluso los noventa años? Sin embargo, si se acostaba con Luke, problema resuelto. Podría ser normal. Cuanto más lo pensaba, más le gustaba la idea. Era la solución perfecta.

Lo único que tenía que hacer era convencer a Luke.

Luke la apartó de una entusiasta pareja, lo que apretó más su cuerpo al de ella.

–¿Cuándo podríamos marcharnos? –preguntó él.

Abby echó la cabeza hacia atrás para poder mirarlo al rostro.

–¿No lo estás pasando bien?

Luke hizo una mueca que podía pasar por una sonrisa.

–Se te está acabando el tiempo, Cenicienta.

Abby se mordió los labios y clavó los ojos en la pajarita de él. ¿Por qué Luke le había recordado que su compañía tenía un límite de tiempo? ¿Qué significaba? Significaba que Luke podía resistirse perfectamente a sus encantos.

–¿Qué te pasa? –preguntó Luke.

Abby alzó la mirada y preguntó:

–¿Te parece que fuéramos a cenar a algún sitio después de marcharnos de aquí?

–¿Por qué? –preguntó él frunciendo el ceño.

–Porque todavía tengo hambre.

–Nos han dado una cena de cuatro platos y tú te has tomado mi postre también.

Abby clavó los ojos en la boca de Luke y el estómago le dio un vuelco. No podía sobrevivir con solo un beso de él, quería más. Quería un banquete de besos. Y estaba segura de que, por la mañana, no iba a sentirse culpable.

–Todavía no tengo ganas de ir a casa. Hace siglos que no salgo por ahí y tú tampoco, me parece que no deberíamos desperdiciar la ocasión.

–Abby.

Ella cerró los ojos y suspiró.

–Está bien. Está bien. Lo he entendido. Las dos horas se han acabado y quieres volver a casa a trabajar. Olvida lo que te he dicho –Abby comenzó a apartarse de él para volver a la mesa, pero Luke, agarrándola por la muñeca, la detuvo.

Tiró de ella hasta que la tuvo delante de sí, le rozó las caderas con las suyas, íntimamente, haciéndole contener la respiración.

–¿No quieres esperar a la rifa?

–Jamás ganaría un premio así. En cualquier caso, solo he propuesto cenar juntos. No creo que te costara tanto, ¿ o sí?

Luke desvió la mirada hacia sus labios momentáneamente. Después, la agarró del brazo.

–Está bien, vamos a cenar.

Luke la llevó a un bar a pocas manzanas del hotel donde tenía lugar la fiesta. Había estado allí un par de veces por motivos de trabajo y le gustaba la atmósfera. Servían café y dulces además de los típicos cócteles y otras bebidas.

Abby ojeó el menú y después apoyó la espalda en el respaldo del sillón de terciopelo.

–Voy a tomar «sexo en la playa».

Luke arqueó una ceja.

–¿No te parece que hace demasiado frío para eso?

Las mejillas de Abby enrojecieron.

–¿Has hecho el amor en la playa alguna vez?

Luke llevaba la mayor parte de la noche intentando no pensar en el sexo; sobre todo, con Abby.

–Un par de veces.

Abby se inclinó hacia delante y, con las manos en las rodillas, le susurró:

–¿Puedo contarte un secreto?

Luke intentó fijarse en su boca, intentó no imaginar besándola todo el cuerpo. Intentó no excitarse; pero, al fin y al cabo, era humano.

–Adelante.

Abby parpadeó untar de veces y después se pasó la lengua por los labios, y él se endureció mucho más. Ella apartó la mirada y su sonrojo se hizo más profundo.

–Déjalo. Olvida lo que he dicho. Creo que he bebido demasiado champán.

Por la forma como Abby evitó su mirada, su curiosidad aumentó. ¿Qué secreto era ese?

–¿Qué ibas a contarme?

Abby apretó los labios momentáneamente y después tragó saliva.

–Yo... yo nunca lo he hecho –Abby se llevó las manos a la boca y exclamó–: ¡No puedo creer que te lo haya dicho!

Luke repasó mentalmente lo que habían dicho sobre hacer el amor en la playa.

–¿Quieres decir que nunca has hecho el amor en la playa?

Abby bajó las manos y, sin mirarlo, contestó:

–En ninguna parte.

–¿Te refieres al aire libre? –preguntó él con el ceño fruncido.

–Nunca he hecho el amor.

Luke, perplejo, se la quedó mirando mientras trataba de asimilar lo que acababa de oír y lo que creía haber oído.

–A ver si lo he entendido bien... ¿Has dicho que nunca has hecho el amor con nadie? ¿Es eso?

Abby asintió.

–¿Eres virgen?

–Sí.

–Me estás tomando el pelo, ¿verdad?

–No –respondió Abby sacudiendo la cabeza.

¿Abby Hart era virgen? ¿Abby Hart, la especialista en relaciones sentimentales, era virgen? ¿Cómo era posible que no hubiera tenido relaciones sexuales con nadie? Tenía veintitrés años. La mayoría de las chicas perdían la virginidad mucho antes, a menos que fuera por motivos religiosos.

–Pero... ¿por qué? –preguntó Luke, confuso.

Abby se encogió de hombros y clavó los ojos en el cuenco con cacahuetes encima de su mesa. Agarró un cacahuete, se lo metió en la boca, lo masticó y se lo tragó. Agarró otro e hizo lo mismo.

–¿Sabías que es casi imposible comer solo un cacahuete? He investigado mucho sobre el asunto. Resulta imposible. Prueba tú a hacerlo.

Luke apartó el cuenco fuera del alcance de ella.

–Abby, mírame.

Despacio, Abby movió los ojos hacia los suyos y se lamió la sal de los labios. Luke contuvo un gruñido al imaginar la lengua de Abby haciéndole eso.

–Sé que parecerá un poco raro, pero nunca, antes, me había sentido preparada emocionalmente.

A Luke el corazón pareció querer salírsele del pecho.

–¿Antes... de ahora?

–En el pasado, más o menos me apeteció un par de veces, pero luego me dio miedo de hacer el ridículo –Abby lo miró fijamente a los ojos–. En fin, he pensado que, como se nos ha dado tan bien bailar juntos, igual ocurriría lo mismo si nos acostáramos.

–Esa es una de tus teorías, ¿no?

–Sí, bueno, es solo una teoría porque todavía no la he puesto en práctica, por eso precisamente estamos teniendo esta conversación –Abby le sonrió trémulamente–. En fin, ¿qué te parece? ¿Quieres que lo hagamos?

Acostarse con Abby era la clase de problema que bien se podía ahorrar. Aparte de ser la mejor amiga de su hermana, podía causarle muchos quebraderos de cabeza, quería cosas que él no quería.

«La deseas».

Sí, la deseaba. Mucho. Tanto como para sentir el deseo sexual palpitándole en la entrepierna. La deseaba más que a ninguna otra mujer en su vida. Se sentía como un adolescente excitado

Pero eso no significaba que fuera a poseerla.

No quería tener nada que ver con vírgenes. Abby era perfecta para los príncipes azules, las bodas y los vestidos de novia... Todo lo que escribía en su columna trataba sobre la seguridad y la felicidad en las relaciones.

Él no podía ofrecerle seguridad.

Él no quería comprometerse con nadie.

Luke se inclinó hacia delante y tomó las manos de Abby en las suyas.

–Escúchame, Abby...

–No se lo diríamos a Ella –lo interrumpió–. Ella no sabe que soy virgen.

–¿No lo sabe? –preguntó Luke parpadeando–. ¿No sois amigas íntimas?

–Lo somos, pero solo nos conocemos desde hace cuatro años. Hay muchas cosas que no puedo contarle ni a mi mejor amiga.

Eso Luke lo comprendía bien. Había cosas que él no le había contado a nadie y nunca lo haría. No serviría de nada porque eso no le haría perder el sentimiento de culpa que le atormentaba.

–¿Por qué no se lo has contado?

De repente, el rostro de Abby ensombreció y aparó las manos de las de él.

–Mira, Luke, si no quieres hacerlo, perfecto. Me buscaré a otro. Acabaré encontrando a alguien.

A Luke se le hizo un nudo en el estómago. ¿A quién? ¿A un desconocido al que encontrara en un bar? ¿A alguien que conociera por Internet? ¿Y por qué Abby se había refugiado en sí misma de repente? ¿Qué sabía su hermana de Abby Hart? ¿Alguien sabía realmente cómo era? ¿Por qué había llegado a los veintitrés años sin haberse acostado con nadie? Era atractiva, sexy y divertida. No debían haberle faltado pretendientes.

Si no tenía cuidado, acabaría ofreciéndose voluntario.

El camarero se les acercó para preguntarles qué querían tomar y ambos pidieron un té.

–Creo que deberías pensártelo mucho antes de acostarte con alguien que conocieras en un bar o por Internet –dijo Luke después de que el camarero se retirase–. Hay mucho tipo raro por ahí suelto.

–Deja los sermones de hermano mayor para tu hermana –comentó Abby al tiempo que agarraba un puñado de cacahuetes–. Sé cuidar de mí misma.

A Luke le habría gustado sentirse hermano mayor de Abby en vez de lo que estaba sintiendo. El deseo parecía consumirle el cuerpo y el cerebro. No podía dejar de pensar en la proposición de ella. ¿Qué quería Abby exactamente de él?

«Ni se te ocurra preguntarlo».

Era mejor no saberlo para no sucumbir a la tentación, cosa que estaba a punto de hacer.

–¿En serio no quieres comer nada con el té? –preguntó Luke cuando el camarero regresó con las bebidas.

–Se me ha quitado el hambre. He comido demasiados cacahuetes.

Luke también había elaborado una teoría. Abby era igual que los cacahuetes, hacer el amor con ella una vez solo sería insuficiente.

Completamente insuficiente.

El teléfono de Abby, dentro de su bolso, sonó.

–¡Oh, Dios mío! –exclamó Abby al ver en la pantalla del móvil.

–¿Qué pasa? ¿Malas noticias?

Abby alzó el rostro y sonrió.

–¿Sabes qué? Has ganado el premio de la rifa, el viaje a la isla privada.

Capítulo 4

ABBY no podía creerlo. Luke había ganado el premio que ella tanto deseaba. Era injusto. Luke tenía dinero más que de sobra para pagarse sus vacaciones, incluso comprarse una isla si quería. ¿Por qué no se había sentado ella en la silla ganadora?

Además, se había llevado una gran decepción, Luke se había negado a acotarse con ella. Estaba decepcionada. ¿Había sido un error confesarle que era virgen? Aún no sabía por qué se lo había dicho, se le había escapado en un momento de distracción. Entre la magia de la fiesta, la compañía de Luke y el champán se le había soltado la lengua.

¡Cómo se le había ocurrido decir eso!

Había perdido el sentido y se había entregado a sus emociones. Emociones nuevas para ella. Y había fantaseado con la idea de ser la amante de Luke. Para disfrutar esos besos y mucho más. Para que las manos de él le acariciaran todo el cuerpo, para que Luke la poseyera y le procurara la clase de placer que solo había sentido sola, masturbándose, y que nunca la había dejado completamente satisfecha.

Hacer el amor con Luke sería más que satisfactorio. ¿Cómo no iba a serlo? El beso que Luke le había dado había despertado en ella un deseo que necesitaba ser saciado.

Abby le enseñó a Luke el mensaje de Felicity, la editora jefa.

–¿Lo ves? Tu silla era la del premio. Como no tenían el número de tu móvil, me han enviado a mí el mensaje.

Luke se inclinó hacia delante para leer el texto.

–¿Podrían volver a rifarlo?

–¿No lo quieres? –preguntó Abby con el ceño fruncido.

–No me apetece tanto como a ti.

Abby volvió a leer el mensaje.

–Al parecer, el premio tiene un plazo, un mes.

–¿Es transferible?

–¿Transferible?

–¿Podría dártelo a ti en vez de ir yo? –preguntó Luke.

Era un gesto muy generoso, pero... ¿cómo iba a ir ella sola? ¿Quién iba solo de vacaciones a una isla privada? Además, sus compañeros de la revista supondrían que iría con Luke y que subiría fotos en su blog. Resultaría muy extraño no hacerlo. La alternativa sería ir con una amiga, pero... ¿qué diría la gente? Luke había dicho que no estaba interesado en tener relaciones con ella, así que no querría acompañarla en el viaje.

Volvía a enfrentarse al mismo dilema. Irse de vacaciones sola era lo mismo que haber ido a la fiesta sola.

Abby dejó caer los hombros.

–Es muy amable por tu parte, Luke; pero, aunque me pudieras pasar el viaje a mí, no podría ir.

–¿Por qué no?

Abby guardó el móvil en el bolso y suspiró.

–Tendría que ir en el plazo de un mes.

–¿Y? –Luke arrugó el ceño–. ¿No puedes tomarte unos días de vacaciones?

–Ese no es el problema –contestó Abby–, me deben muchos días de vacaciones. El problema es con quién ir.

Los ojos de él oscurecieron. Luke volvió a fruncir el ceño.

–No sigas.

Abby adoptó una expresión de lo más beligerante.

–¿Que no siga qué?

–No voy a ir contigo a esa maldita isla, Abby. Hemos hecho un trato: dos horas. Y ya nos hemos pasado de las dos horas.

–Es solo por una semana –dijo ella–. Además, siempre he querido ir a una isla privada, a cualquiera. Hace siglos que no salgo de vacaciones. Estaríamos en una villa de lujo y...

–Ve con una amiga –dijo Luke–. Díselo a Ella.

–Ella no puede dejar las clases, no puede abandonar a sus alumnos –replicó Abby–. Además, no podría ir con una amiga. Todos deben pensar que, como ganador del premio, me vas a llevar a la isla. ¿Qué excusa podría poner para explicar ir sola, sin ti?

–Invéntate algo, te sobra imaginación –comentó él sarcásticamente.

–¿Te niegas a ir solamente por lo que te he contado?

–Me niego a ir porque la idea de una aventura entre tú y yo es ridícula.

–¿Por qué? –preguntó Abby, con su ego por los suelos.

¿Tan desagradable era como para que Luke no soportara la idea de acostarse con ella? ¿Había malinterpretado el beso y las caricias de él?

¿Y su excitación sexual?

–Abby... –dijo Luke con un suspiro y cara de intentar no perder los estribos–. No voy a negar que te encuentro atractiva, pero eso no significa que vaya a hacer algo al respecto.

–¿Por qué no? ¿Por qué te importa tanto que sea virgen? Alguna vez tiene que ser la primera. Y mejor contigo, que nos conocemos, a acostarme con un desconocido.

–¿Tú y yo? Eso es una locura –dijo él con voz grave e intensa, como si le costara un esfuerzo no darse por vencido–. Tú quieres casarte y todas esas cosas. A mí eso no me interesa, ni contigo ni con nadie.

–¿Es por lo del divorcio de tus padres? –preguntó Abby–. Ella me lo contó, debió ser horrible.

Luke apretó los labios.

–Sí, bueno, no es muy agradable que la noche antes de cumplir los quince años tu padre te diga que tiene una amante a la que ha dejado embarazada. Pero no es por eso. No quiero complicarme la vida, no quiero tener relaciones serias con nadie.

–¿De dónde has sacado que quiero tener una relación seria contigo? –preguntó Abby–. Lo único que quiero es perder la virginidad. Me da vergüenza seguir siendo virgen. Por eso es por lo que no se lo he dicho a Ella. Me siento como un bicho raro.

–Perdona, pero no voy a ser yo quien te haga ese favor –Luke agarró su taza de café y vació el contenido de un trago; después, volvió a dejar la taza en la mesa con un golpe.

Abby cruzó las piernas y los brazos, e hizo una mueca.

–Has dejado mi ego por los suelos.

–No ha sido mi intención insultarte –Luke la miró con expresión de preocupación–. Y otra cosa, ¿cómo podríamos explicárselo a Ella?

–Creo que le encantaría que dejaras el trabajo y te tomaras unas vacaciones por unos días.

–Dirijo una empresa de alcance mundial –declaró él con gran seriedad–. No tengo tiempo de...

–No me extraña que te den migrañas –lo interrumpió Abby–. Te exiges demasiado a ti mismo. Tengo una teoría respecto a los adictos al trabajo: trabajan todo el día porque no quieren reconocer lo que les falta en la vida.

–¿Ah, sí? Pues yo también tengo otra teoría –Luke clavó los ojos en los suyos–: una persona que finge ser lo que no es lo hace por miedo a que a los demás no les guste cómo es de verdad –Luke se levantó del sillón y agarró su chaqueta–. Venga, es hora de que nos vayamos.

En el coche, durante el trayecto a su casa, Abby guardó silencio. Luke tampoco le habló, estaba tan taciturno como siempre.

¿Qué derecho tenía él a analizarla? No sabía nada sobre ella. No sabía lo dura que había sido su infancia, lo que se avergonzaba de haber ido de una casa de adopción a otra, sin saber cuándo la iban a llevar con otra familia o a qué escuela iba a ir.

Su vida había sido una lucha constante por integrarse.

Por ser normal.

Aunque Luke hubiera sufrido con el divorcio de sus padres, al menos su padre no había intentado matar a otra persona y su madre no se había acostado con un sinfín de hombres por dinero con su hija allí en la casa. La madre de Luke no había muerto de una sobredosis y él había tenido que pasar un día allí, en el piso, con una muerta, hasta que alguien le encontrara al día siguiente.

Esa había sido la vida de Abby. Una vida que no podía cambiar, por mucho que lo intentara. Siempre enfrentándose sola a la vida.

¿Qué derecho tenía Luke a criticarla? Se gustaba a sí misma. Era una buena persona. Tenía amigos, un trabajo y una casa en la que vivir.

Pero cuando Luke dobló la esquina para entrar en la calle de Abby, esta tuvo que replantearse lo de la casa. Había un técnico de la compañía del gas, dos coches de policía y mirones.

–¡Cielos! ¿Qué habrá pasado? –dijo ella con horror.

Luke bajó la ventanilla del coche cuando un policía se acercó a ellos.

–¿Qué pasa?

–Ha habido un escape de gas –respondió el policía–. Se ha tenido que evacuar el edificio y la calle está cortada –el policía indicó una señal–. Va a tener que desviarse por esa calle.

–¡Pero yo vivo ahí, en ese edificio! –exclamó Abby echándose hacia Luke para poder hablar con el policía.

–No podrá entrar hasta que el problema se haya solucionado –declaró el policía con firmeza.

–¿Y cuánto tiempo va a llevar eso? –preguntó Abby.

El policía se encogió de hombros.

–No lo sabemos. Tendrá que ir consultando la página Web de la compañía del gas, ahí se informará.

–Pero necesito ropa y cosas así.

–Lo siento. La zona está acordonada; de momento, no se puede pasar.

Abby se recostó en el respaldo del asiento y dejó caer los hombros.

–Estupendo. Ahora ni siquiera puedo ir a mi casa.

Luke subió la ventanilla del coche y se puso en marcha.

–Te llevaré a un hotel. Puedes quedarte ahí hasta que te permitan volver a tu casa.

–No puedo pagar un hotel –declaró Abby–. Y, si lo que estás pensando es en pagarme tú la habitación, me niego rotundamente.

Luke paró el coche en un espacio libre y después se volvió para mirarla.

–¿Por qué no llamas a Ella? Podrías quedarte en su casa unos días.

Abby se mordió los labios.

–No puedo quedarme en su casa, está muy lejos de mi trabajo.

–¿Y en casa de tu familia? ¿No viven en Londres?

Abby miró por la ventanilla. Era en momentos

como ese cuando se daba cuenta de lo diferente que era del resto del mundo. No tenía un sitio donde quedarse en situaciones de crisis.

–No puedo quedarme en su casa, es demasiado pequeña.

–No lo entiendo, Ella me ha contado que le habías dicho que vivían en una mansión en...

Abby le lanzó una mirada de soslayo.

–Mentí, ¿contento ya? Viven en una casa de protección oficial en Birmingham.

–¿Por qué has mentido sobre tu familia?

–Porque... porque ni siquiera son mis padres –Abby lanzó un soplido–. Es una familia que me acogió en su casa.

–¿Vivías en una casa de acogida cuando eras pequeña? –preguntó Luke con una mezcla de preocupación y sorpresa–. ¿Dónde estaban tus padres?

–Mejor no lo preguntes.

Luke frunció el ceño.

–¿Cuánto tiempo viviste en una casa de acogida?

–En la última viví seis años y medio, fue en la que más tiempo pasé –contestó Abby–. Las anteriores a esa fueron cuatro y dos años, y antes de esas me cambiaban de casa cada mes. Entré en el sistema de casas de acogida a los cinco años.

Abby no mencionó los seis meses que pasó con su padre antes de que los de los servicios sociales se la llevaran.

Prefería no pensar en ello.

Luke, ladeado en su asiento, la miró como si nunca antes la hubiera visto. Ella había conseguido que nadie, en su nueva vida, supiera nada de su pasado. Pero ahora que se lo había contado a Luke, se sentía más ligera, como si se hubiera quitado un gran peso de encima.

–¿Sabe Ella todo esto? –preguntó él.

Abby sacudió la cabeza.

–He pensado en contárselo muchas veces; pero, al final, me he echado atrás.

–Le va a doler que no se lo hayas dicho.

–Lo sé. Pero ya sabes como es Ella, se preocupa por todo. No quería que se molestara, que intentara hacer algo para compensar lo que he pasado de pequeña. Lo único que quiero es ser como todo el mundo, ser normal.

–No sé exactamente qué es ser normal –comentó él con ironía.

Los dos guardaron silencio.

Luke parecía pensativo, con la mirada fija en la lluvia que salpicaba el parabrisas. Volvió la cabeza y la miró al mismo tiempo que ponía en marcha el coche.

–Puedes quedarte en mi casa hasta que tu piso esté listo.

Abby no pudo disimular su sorpresa.

–¿En serio no te importa?

Los ojos de Luke parecían decir que sí le importaba, pero le contestó con voz tranquilizadora:

–No pasa nada. Además, apenas estoy en casa, solo voy para dormir.

–Muchas gracias, Luke. Con un poco de suerte solo será un par de días. Te prometo que haré todo lo posible por no molestarte.

Luke lanzó un suave gruñido.

–Pero dejemos las cosas claras desde el principio, ¿de acuerdo? Vas a dormir en la habitación de invitados.

Poco tiempo después Luke abrió la puerta de su casa y dejó pasar a Abby primero. Que Abby fuera a pasar allí unos días le daría la oportunidad de conocerla un poco mejor, descubriría más cosas respecto a su vida. Al menos, eso era lo que pensaba. Por supuesto, sabía lo peligroso que era que Abby durmiera ahí. Su casa era grande, pero solo si fuera el doble de grande que el palacio de Buckingham se sentiría libre de la tentación que Abby presentaba.

Se había quedado atónito con lo que ella le había contado. ¿Por qué no se lo había dicho a Ella? ¿Quiénes eran los padres biológicos de Abby y por qué la habían separado de ellos desde tan pequeña? ¿Habían abusado de ella? La idea le puso enfermo. ¿Era por eso por lo que había estado tan decidida a hacer lo que fuera con el fin de recaudar fondos para niños marginados? Ahora ya no le extrañaba que Abby hubiera insistido en acudir a la fiesta.

El modo como Abby había hecho todo lo posible por mantener en secreto su pasado le hacía pensar en sí mismo, en cómo también él guardaba con celo sus secretos. La gente emitía juicios de valor respecto a la parentela de los otros, al colegio al que habías ido, a tu forma de hablar, a tu salario, al coche que conducías y dónde vivías. Incluso se juzgaba quiénes eran tus amigos.

Ahora comprendía por qué a Abby le había hecho tanta ilusión lo del viaje a la isla. Era muy triste pensar que, quizá, nunca había ido de vacaciones con sus padres. Al menos él había pasado muy buenos momentos con su familia antes de que, el día antes de que cumpliera los quince años, su padre anunciara que tenía una amante y que estaba embarazada. Tras el divorcio de sus padres, las vacaciones no habían sido muy alegres; su madre no dejaba de llorar y, constantemente, miraba con tristeza a las parejas que iban de la mano. Ella, nueve años menor que él, le había tomado como sustituto de un padre al que había adorado y que ya no se preocupaba por ella, por lo que él no había podido hacer las cosas que hacían la mayoría de los chicos de su edad.

Luke cerró la puerta de la casa y notó la triste expresión de Abby. Una súbita emoción le embargó. Tuvo que hacer un gran esfuerzo para no abrazarla.

–¿Cansada? –preguntó Luke.

–Agotada. Pero además preocupada, no sé qué voy a hacer respecto a la ropa.

A él no le habría importado en absoluto que no llevara ninguna ropa. Nunca. Pero esos pensamientos eran peligrosos.

–Ya lo solucionaremos mañana. Quizá te dejen entrar a tu casa para recoger algunas cosas.

–¿Y la ropa de Kimberley? Quizá pudiera...

–Es de otra talla, no te valdría.

–Ella me enseñó una foto de ella una vez. Kimberley era muy guapa y delgada, ¿verdad?

–No he querido decir eso –respondió Luke sacudiendo mentalmente la cabeza.

¿Por qué las mujeres se preocupaban tanto por su peso? Abby tenía un cuerpo precioso, un cuerpo que invitaba a que lo acariciaran. De acuerdo que no estaba como un palo, pero él nunca había entendido la obsesión de Kimberley por estar esquelética. Ese había sido uno de los motivos por los que habían roto, él se había hartado de verla juguetear con el tenedor, moviendo la comida de un lado a otro del plato sin llevársela a la boca cada vez que iban a un restaurante. Le había gustado mucho ver a Abby comiéndose también su postre esa noche.

–Además, solo tengo un par de cosas de ella –añadió Luke–. Quiero dárselas a su familia, pero todavía no lo he hecho.

Abby le dedicó una mirada pensativa.

–¿Crees que es porque todavía no estás listo para olvidarte de ella?

Luke echó a andar y, al mismo tiempo, se deshizo la pajarita.

–Voy a darte un cepillo de dientes y a enseñarte tu baño. Sígueme.

Abby subió con él al piso de arriba; allí, Luke abrió la puerta de una de las habitaciones de invitados, que tenía un cuarto de baño al lado. Pero Abby se dio cuenta inmediatamente de que la habitación de Luke estaba al otro extremo, lo que fue otro duro golpe para su ego. ¿Acaso temía que ella fuera a su habitación en mitad de la noche y se metiera en su cama para intentar seducirle?

–¿Quieres que te dé algo para dormir? ¿Una camiseta o algo así? –preguntó Luke.

–No te preocupes, puedo dormir con la ropa... No, no puedo, no llevo ropa interior. No quería que se me marcaran las bragas debajo del vestido.

«¡Maldición! ¿Por qué ha tenido que decirme eso?»

Luke la desnudó con los ojos. Pero, rápidamente, parpadeó como si estuviera sacudiéndose mentalmente aquella visión.

–Bien, bueno... En fin, te dejo ya. Buenas noches.

Después de que Luke se marchara, Abby cerró la puerta y, apoyando la espalda en ella, lanzó un suspiro. ¿Por qué Luke tenía que dejarle tan claro que no la deseaba? La mayoría de los hombres habrían aprovechado la oportunidad de acostarse con una mujer sin ningún compromiso.

¿Qué tenía ella de malo?

¿O no sería Luke quien tenía problemas? ¿Estaba todavía tan enamorado de Kimberley que no soportaba la idea de hacer el amor con otra mujer?

No debía ser eso, Luke le había dicho que no había estado enamorado de Kimberley. En ese caso, ¿por qué se negaba a tener relaciones?

¿Por qué Luke seguía castigándose a sí mismo?

Capítulo 5

ABBY estaba tan cansada que apenas se acostó se le cerraron los ojos. Pero, durante la noche, se despertó desorientada debido a un ruido. Una de las secuelas de su turbulenta infancia era que tenía el sueño ligero y se sobresaltaba si se despertaba en un lugar que no era su casa. También se despertaba al menor ruido, temblando y asustada.

Se hundió en el colchón y, relajada, suspiró. Al menos, el día siguiente era el comienzo del fin de semana y no tendría que ir a trabajar con un vestido de fiesta.

Oyó otra vez el ruido.

Se sentó en la cama y aguzó el oído para identificar el ruido. ¿No serían imaginaciones suyas? ¿Lo había soñado?

Abby volvió a tumbarse, enfadada consigo misma. La casa de Luke tenía un buen sistema de alarma. El miedo a que un intruso entrara en su habitación podía compararse a que el mismísimo Luke hubiera cambiado de idea respecto a no acostarse con ella.

Era imposible.

Volvió a cerrar los ojos e intentó dormirse otra vez, pero se sentía inquieta. Tenía mucha sed.

Apartó la ropa de la cama y cubrió su desnudez con la toalla de baño que había utilizado antes de acostarse. Salió al pasillo andando de puntillas y, por la rendija de la puerta del cuarto de Luke, vio que este tenía la luz encendida. Se detuvo delante de la puerta y ladeó la cabeza, aguzando el oído. Oyó un gruñido y, a continuación, el ruido de un objeto al estrellarse contra el suelo.

–Luke... –Abby llamó a la puerta–. ¿Te pasa algo?

Oyó una maldición y los pasos de Luke sobre la alfombra. La puerta se abrió y él la miró empequeñeciendo los ojos. Llevaba unos pantalones de pijama de algodón gris y Abby pensó que nunca había visto nada tan sexy.

–No, no me pasa nada –refunfuñó él–. Vuelve a la cama.

–No tienes buen aspecto –dijo ella fijándose en las ojeras y la mala cara de Luke–. Tienes un aspecto terrible.

Le recordó cómo le había encontrado seis meses atrás, resultaba evidente que Luke se sentía igual de mal que entonces.

Luke apoyó la cabeza en el borde de la puerta como si no pudiera mantenerla alzada.

–Tengo dolor de cabeza, nada más. Se me pasará cuando la pastilla que me he tomado me haga efecto.

Abby no tenía migrañas, pero había leído que podían causar un dolor insoportable. La gente que las padecía no soportaba la luz ni el ruido y necesitaba estar a oscuras hasta que se pasara.

Ignorando las protestas de Luke, lo agarró de la mano y le llevó a la cama.

–Túmbate –dijo ella con voz suave–. Iré por un trapo mojado para que te lo pongas en la frente.

Sorprendentemente, Luke le obedeció. Abby le dejó tumbado mientras iba al baño del dormitorio de él; allí, agarró una toalla de la cara y la empapó en agua fría. Al volver junto a él, le puso la toalla en la frente. Luke emitió un sonido de agradecimiento, pero no abrió los ojos.

Después de un rato, Abby se dio cuenta de que Luke se dormía y se despertaba repetidamente. Se quedó a su lado, no quería marcharse hasta no estar segura de que él estaba mejor.

Los ojos comenzaron a cerrársele, estaba sumamente cansada. Lo que más deseaba era meterse en la cama y dormir.

«Solo unos minutos...»

Con esa idea fija en la cabeza, le resultó imposible resistir la tentación de tumbarse. Era una cama enorme, lo suficientemente grande como para que Luke no notara su presencia.

Con mucho cuidado, se deslizó en la cama, lejos de Luke. Reposó la cabeza en una almohada de plumas y no tardó nada en que la tensión del día desapareciera.

Al despertarse, Abby se encontró con los fuertes brazos de Luke rodeándole el cuerpo y sus piernas pegadas a las suyas por detrás. El sol se filtraba por una abertura en las cortinas. ¿Qué hora sería? ¿Cuánto tiempo llevaba durmiendo?

«¡Y durmiendo en la cama de Luke!»

De repente, se dio cuenta de que estaba desnuda. Buscó con el pie la toalla, pero no logró encontrarla.

¿Cómo había acabado desnuda en la cama de Luke con las piernas de él entre las suyas?

¿Habían hecho algo? ¿Se le habría insinuado dormida? No podían haber hecho el amor, se acordaría. Sí, claro que se acordaría.

Abby trató de recordar qué había pasado desde que se acostó en aquella cama. Nada. No recordaba nada... solo un maravilloso sueño en el que alguien le había besado el hombro. Un diminuto beso y un lamido que la hizo estremecer de placer.

En esos momentos, el aliento de Luke le acariciaba la nuca y podía sentir en la espalda el movimiento del pecho de él al respirar. Se quedó muy quieta, no quería despertarle; sobre todo, porque quizá Luke se apartara de ella bruscamente al darse cuenta de lo que estaba haciendo.

Aquello era maravilloso. Cálido, sexy y algo atrevido. Le gustaba que la tuviera abrazada, pegada a su cuerpo. ¡Y qué cuerpos tan diferentes el de Luke y el suyo! El de Luke era dureza y musculatura, el suyo era más suave y blando. Se sentía más femenina que nunca. Incluso sus olores eran distintos. La idea de que ambos olores se mezclaran la excitó.

Luke, dormido, murmuró algo y la abrazó con más fuerza al tiempo que acercaba el rostro a su nuca. Al sentir la barba incipiente en la piel tembló de placer.

Abby cerró los ojos, fingiendo estar dormida. Luke le puso una pierna encima de la suya y, pegándose a ella, la hizo sentir su erección.

Abby nunca había sentido algo tan erótico y excitante en la vida. Sentía gran desazón en su sexo y el vello del brazo de Luke debajo de sus senos le produjo un delicioso picor.

–Mmmm –el gruñido masculino aumentó su excitación.

De repente, Luke lanzó un juramento y se apartó de ella.

–¡Qué demonios...!

Abby se volvió y vio que la miraba como si fuera un monstruo.

–¿Qué he hecho? –preguntó con una voz que ella no le había oído nunca, una mezcla de grito ahogado y grave–. ¿He...? Dime que no hemos...

–No ha pasado nada, Luke –Abby dejó escapar un suspiro de frustración–. Creo que, mientras dormíamos, nos hemos acercado el uno al otro.

Luke apartó la ropa de la cama bruscamente y, furioso, se levantó.

–¿Por qué estás en mi cama... desnuda?

Abby se subió la sábana para cubrirse y se incorporó hasta quedar sentada.

–Me tenías muy preocupada. No quería marcharme hasta no ver que estabas dormido. Y no sé cómo, pero me quedé...

–¡Por favor, Abby! Podría haberte... –Luke se apartó el cabello de la frente y cerró la boca para no seguir con lo que había estado a punto de decir.

–Estaba envuelta en una toalla grande, pero se me debe haber caído –Abby miró hacia los pies de la cama y vio un bulto debajo del edredón–. Ahí está. ¿Lo ves? Ha debido soltarse cuando...

–¿Cuando qué? –preguntó Luke con voz ahogada–. Maldita sea, Abby, podría haberte hecho daño.

–No has hecho nada que yo no quería que hicieras –contestó ella–. Me ha gustado dormir pegada a ti, ha sido la primera vez. Me ha gustado sentir tu cuerpo pegado a mi espalda. Ha sido...

–Para –Luke alzó una mano como si estuviera parando el tráfico–. Para ahora mismo. No va a pasar nada.

–Está pasando, Luke. Me deseas.

–Es un reflejo –dijo él–. Le pasa a todos los hombres por la mañana. No significa nada.

Abby decidió que había llegado el momento de poner a prueba su teoría. Sacó las piernas de la cama, se puso en pie y dejó que la sábana se deslizara hasta dejarle la parte supieron de los senos al descubierto. Y vio a Luke tragando saliva.

–En ese caso, me marcharé.

Pasó por delante de él para salir de la habitación, pero Luke le puso una mano en el brazo, deteniéndola. Ella se volvió y lo miró.

–¿Tan poco atractiva me encuentras?

–No, no es eso. Te deseo, pero...

–Entonces, ¿por qué no te acuestas conmigo? –Abby se acercó a él–. Te deseo.

Luke le soltó el brazo.

–Abby, tú quieres más de lo que yo puedo ofrecerte.

–Te estoy pidiendo que te acuestes conmigo, no que te cases conmigo y tengamos hijos. ¿Por qué te muestras tan reacio?

–No quiero que nuestra relación se interponga entre mi hermana y tú –dijo él–. Ni tampoco que eso afecte la relación que tengo con mi hermana.

–No ocurrirá –declaró Abby–. Ella sabe que has ido a la fiesta conmigo. Puede que ya haya visto fotos de nosotros colgadas en Internet. Y se alegrará por nosotros.

–¿Y cuánto tiempo durará esa alegría? –replicó Luke–. Sé lo que pasa en estos casos: cuanto más tiempo tienen relaciones sexuales dos personas más difícil resulta romper; sobre todo, a las mujeres.

Abby se preguntó qué habría detrás de aquel comentario.

–Podríamos establecer un límite de tiempo –comentó Abby–. Podríamos establecer un acuerdo y comprometernos a respetarlo.

Luke abrió y cerró la boca como si fuera a decir algo pero hubiera cambiado de opinión. Después, lanzó un suspiro de exasperación.

–¿Te importaría vestirte? Por favor. No puedo pensar contigo así, casi desnuda.

Abby paseó una mano por el pecho de él, deteniéndose justo encima de la cinturilla de los pantalones del pijama.

–¿En serio quieres que me vista? –preguntó ella en un sensual susurro.

Luke volvió a tragar y, casi con brusquedad, la agarró por las caderas.

–No, maldita sea, no.

Entonces la besó.

Abby se pegó a él, sus senos, apenas cubiertos, aplastados contra el pecho de él. La sábana se le estaba cayendo, pero no le importó. Vivía el momento. Sentía el deseo de Luke. El deseo por ella. La erección de Luke le demostró que él no se estaba guiando por la razón, sino por el instinto. La lengua de Luke buscó la suya y un intenso calor la envolvió.

Luke gruñó contra su boca, un gruñido profundo. Luke le soltó las caderas para acariciarle el torso, la nuca, los cabellos...

Pero, de repente, el beso llegó a su fin.

Luke se apartó de ella y la soltó con una expresión mezcla de deseo y aprensión.

–Esto no debería haber pasado. Lo siento.

Abby no lo sentía en absoluto. Los labios le picaban, le ardía la entrepierna y todas y cada una de las células de su cuerpo gritaban que querían más. ¿La aprensión que había visto en el rostro de él había sido dirigida a sí mismo o a ella?

Abby se había ofrecido a él y Luke había respondido que no enfáticamente. Podía ser que el cuerpo de Luke la deseara, pero no su razón.

Ella, sin embargo, le deseaba en cuerpo y alma.

Total y absolutamente.

Abby se cubrió firmemente con la sábana.

–Voy a darme una ducha. Te veré abajo.

–Voy a ir al trabajo, pasaré allí casi todo el día.

–¿Trabajas también los sábados? No, no es necesario que me contestes, lo sé. Sí, trabajas los sábados porque tu vida se centra única y exclusivamente en el trabajo –dijo ella casi bromeando.

Abby quería desesperadamente hacerle ver lo contraproducente que era para él seguir negándose a sí mismo cualquier placer.

–Anoche te llevé a la fiesta como acordamos, ¿no?

–Y te lo pasaste bien –declaró Abby mirándolo–. ¿O no? Vamos, admítelo, Luke. Te lo pasaste bien.

Luke se encogió de hombros.

–Era importante para ti ir a la fiesta y te acompañé. Eso es todo.

–¿Y el beso que me diste?

–¿Qué pasa con el beso?

–En realidad, han sido dos: uno anoche en el coche y el que acabamos de darnos –contestó ella–. Me ha parecido que este también te ha gustado.

Luke hizo una mueca antes de responder.

–Volveré a eso de las seis.

Luke dio unos pasos en dirección al cuarto de baño de su habitación.

–Me parece que se te olvida algo.

Luke se volvió y frunció el ceño.

–¿Qué?

Abby señaló la sábana que la cubría.

–No tengo ropa.

–¿Y el vestido que llevabas anoche?

Abby alzó los ojos con gesto de exasperación.

–¡Vaya! ¿Crees que voy a salir a la calle con un vestido de noche? Imposible.

Luke parecía incapaz de pronunciar palabra. Abría y cerraba la boca sin más.

–Bueno, está bien, te enseñaré las cosas de Kimberley, quizá puedas encontrar algo que ponerte hasta que vuelvas a tu casa.

Cuando Luke deslizó la puerta corredera del armario empotrado, Abby vio unas pocas prendas colgadas de unas perchas en un extremo del armario, apartadas de las camisas, cortabas y pantalones de Luke.

–Adelante, agarra lo que quieras –dijo él apartándose del armario como si ver aquella ropa le resultara sumamente doloroso.

Abby examinó la ropa que colgaba de media docena de perchas, pero no le gustó husmear entre las prendas de una mujer muerta. Toda la ropa era de marca, de los mejores diseñadores. Se preguntó qué pensaría Luke de su vestuario de segunda mano.

Abby suspiró y se apartó del armario.

–Lo siento, me parece que no podría ponerme nada de Kimberley –se volvió para mirarlo a la cara–. ¿Por qué guardas aquí todo eso? ¿Por qué no lo metes en otro armario o en una caja?

Luke volvió a cerrar el armario con expresión sombría.

–No he tenido tiempo.

–¿No has tenido tiempo en cinco años? Creo que es tiempo suficiente para...

–Acabaré haciéndolo.

–¿Cuándo? ¿Cuando estés jubilado? –dijo ella–. No es bueno para tu salud mental guardar eso durante tanto tiempo. Te impide superar...

–No creo que tú seas la persona más apropiada para darme lecciones sobre cómo vivir mi vida.

Abby recibió el golpe como lo que era: un mecanismo de defensa. Pero se retractó.

–Perdóname por meterme en tus cosas, Luke. Sé que no es asunto mío cuestionar los motivos por los que aún tienes en tu armario ropa de Kimberley. Y tienes toda la razón, no debería emitir juicios de valor sobre tu vida cuando la mía es un completo desastre.

Luke respiró hondo y después soltó el aire rápidamente.

–Tengo ahí la ropa para no olvidar.

–¿Para no olvidar... a Kimberley?

Luke se acercó a la ventana y le dio la espalda.

–Kimberley murió la noche en la que rompí con ella.

A Abby le dio un vuelco el corazón.

–Oh, no. No sabes cuánto lo siento.

Luke se volvió de nuevo, dándole la cara, su expresión mostraba pena y culpa.

–No he podido dejar de pensar en eso. Me he preguntado una y mil veces si, de haberle dicho de otra manera lo que le dije, de haber esperado uno o dos días, o unas semanas, no estaría todavía viva.

Abby, perpleja, se le quedó mirando.

–¿Te sientes responsable de su muerte? Pero...

Luke clavó los ojos en los suyos.

–¿No te pasaría eso a ti también?

Sí, claro que le pasaría lo mismo. Por supuesto. ¿No seguía culpándose a sí misma por la muerte de su madre? Continuaba sintiéndose culpable por no haber podido descorrer el cerrojo de la puerta para pedir ayuda, a pesar de que entonces era solo una niña.

–Luke, te entiendo perfectamente. Siento mucho que lleves tanto tiempo sintiéndote culpable. Debe ser horrible.

Los músculos del rostro de Luke parecieron relajarse tras las palabras de ella, era como si se hubiera librado de parte de la tensión que sentía.

–Es algo de lo que no he conseguido librarme, no se me pasa. Me siento culpable por cómo rompí con ella. En realidad, también de cómo llevé la relación.

–¿Fuiste feliz alguna vez con Kimberley?

–No muy feliz, no –Luke lanzó un suspiro–. La conocí cuando mi padre estaba rompiendo con otra mujer y ella acababa de dejar a un novio con el que llevaba mucho tiempo. Ahora, con el tiempo, me doy cuenta de que ninguno de los dos estábamos muy centrados. Pero nos llevábamos bien y acabamos juntos, aunque nuestra relación parecía mejor desde fuera que de puertas para adentro. Supongo que yo quería dar la impresión de que éramos felices, no quería dar la impresión de que cambiaba de pareja con la misma facilidad que cambiaba de camisa.

–Pero estuvisteis juntos tres años, ¿no? Nadie te hubiera acusado de eso después de un año o dos de relaciones –comentó Abby.

–Lo sé, pero no era capaz de encontrar el momento adecuado para romper –contestó Luke–. Estuve a punto de hacerlo un par de veces, pero coincidió con que Kimberley se enteró de que su ex se iba a casar y después de que iba a ser padre. Lo pasó bastante mal.

–Luke, por lo que dices, debiste ser un novio maravilloso.

–Así soy yo, un príncipe azul –dijo él con irónica amargura.

Abby decidió que había llegado el momento de hablarle de sí misma, de la culpa que aún sentía, con el fin de que Luke no se sintiera tan solo y aislado. El sentimiento de culpa aislaba mucho a las personas.

–Yo también me siento culpable por cómo me porté cuando mi madre murió. No me perdono no haber podido conseguir ayuda antes.

–No sabía que había muerto. ¿Qué pasó?

Abby respiró hondo y se preguntó si no sería una equivocación contar más cosas sobre aquel incidente. ¿La vería de diferente manera? ¿Le produciría más rechazo? Al final, decidió contárselo, Luke le había revelado mucho sobre sí mismo.

–Una sobredosis de heroína. Murió en la habitación de al lado con una aguja clavada en el brazo.

Luke mostró perplejidad.

–¿Qué años tenías tú?

–Cinco. Pero lo recuerdo como si hubiera sido ayer. Siempre me he sentido culpable de ello. No he dejado de preguntarme si yo no sería una niña difícil, si mi madre no podía conmigo y si no fui yo la causa de que se metiera una sobredosis.

–¡Abby, por favor, tenías cinco años! –exclamó él–. Era ella quien debía cuidar de ti. Además, ¿qué podrías haber hecho tú?

–Quizá, si hubiera ido antes a su habitación...

Abby parpadeó, intentó no pensar en ese día. A pesar de haber sido tan pequeña, no olvidaba el momento en el que había visto a su madre tirada en el suelo al levantarse al día siguiente.

Luke se acercó a ella y le puso ambas manos sobre los hombros.

–Mírame, Abby.

Lentamente, Abby alzó el rostro y sus ojos se encontraron.

–Aunque era muy pequeña, me acuerdo de muchas cosas de aquella noche antes de que muriese. Yo tenía mucho sueño y mucha hambre, y mi madre insistió en que me fuera a la cama antes de la hora acostumbrada. Muchas veces me encerraba en mi habitación, cuando... En fin, debió inyectarse sentada en el suelo, al lado de la cama, porque es allí donde la encontré a la mañana siguiente. Habría pedido ayuda antes de haberme dado cuenta de lo que mi madre había hecho. Por eso es por lo que me siento culpable. Esa es la culpa con la que tendré que cargar el resto de mi vida. Podría haberla salvado, pero no lo hice. Lo irónico del asunto es que mi habitación no estaba cerrada con llave esa noche, aunque yo creía que sí. Me acosté y me dormí en vez de protestar porque sabía que podría costarme unos cachetes. Cuando salí de mi cuarto a la mañana siguiente, creía que mi madre estaba dormida, pero no...

–Oh, Abby...

Luke la rodeó con sus brazos como si fuera una niña pequeña, aterrorizada.

Después de unos momentos, Luke la soltó y la miró con una ternura que le llegó al corazón.

–No debes sentirte culpable de eso.

–Lo mismo digo.

Luke hizo una mueca y se apartó de ella.

–Sí, bueno, presta atención a lo que predico, pero no hagas lo que yo hago. Sé que es muy hipócrita por mi parte, pero así es.

Luke fue al cuarto de baño de su habitación y volvió con un albornoz.

–Toma, ponte esto.

Abby agarró el albornoz y se fue al cuarto de baño a ponérselo. Al volver al dormitorio, le sorprendió ver que Luke seguía ahí, delante de la ventana, había supuesto que iba a marcharse.

–Luke...

Abby dio un paso hacia él; después, dos, cuatro. Al llegar a su lado, por la espalda, le rodeó la cintura con los brazos.

Luke le cubrió las manos con las suyas. Después, se dio media vuelta, le puso las manos en las caderas y la acercó hacia sí.

–Esto es una locura –dijo Luke mirándole la boca–. Es una estupidez.

Entonces, la besó.

Capítulo 6

ABBY estaba sobrecogida por la pasión de Luke, provocando en ella una respuesta igualmente apasionada. La lengua de Luke hizo que su cuerpo cobrara vida, que su deseo sexual la desbordara. Mientras sus lenguas jugaban con extraordinario erotismo, sintió contracciones de arrebato, delirio y frenesí en el sexo.

Ese era el motivo por el que nunca antes había hecho el amor. Nadie la había excitado hasta ese punto. Nadie la había hecho sentirse querida no solo por su cuerpo. Con Luke, se sentía a salvo y comprendida. Los dardos del deseo la hicieron consciente de todos y cada uno de los rincones de su cuerpo, algo nuevo para ella.

La desazón en la entrepierna se tornó insoportable, un palpitante anhelo que rogaba la posesión del duro cuerpo de Luke. Un anhelo que solo él podría satisfacer.

Sin separar la boca de la de ella, Luke la empujó hacia la cama, los muslos de él en contacto con los suyos y provocando una enfebrecida expectación. Todas y cada una de sus zonas erógenas esperaban con ansia las caricias de él. Notó la hinchazón de su sexo, el cosquilleo, los espasmos mitad dolorosos mitad placenteros.

Luke la acostó en la cama y después se tumbó a su lado; entonces, le acarició el cuerpo muy despacio, desde los senos a los muslos y hacia arriba otra vez.

Entonces, colocó el rostro encima de uno de sus pechos, acercó la boca y comenzó a lamérselo. La sensación fue exquisita.

Luke abrió la boca sobre un pezón, continuó lamiéndolo y, después, lo chupó hasta hacerla gemir de placer. Cambió de pecho, le sometió a la misma tortura y un cxtraordinario deleite se apoderó de ella.

–Eres preciosa –le dijo Luke junto a la boca–. Toda tú eres preciosa.

Abby no estaba acostumbrada a recibir halagos y pensó que quizá Luke solo quisiera hacerla sentirse más cómoda con él. Pero ya se sentía cómoda con él. De no ser así, no se habría plantado medio desnuda delante de él.

–Cuidado con lo que dices, me voy a hinchar como un pavo –dijo ella con una sonrisa irónica.

–Aquí el único que se está hinchando soy yo –dijo Luke con una media sonrisa y brillo en los ojos.

–Ya me he dado cuenta.

Abby rodeó el miembro de Luke con una mano para examinarlo. Estaba grande y duro, y le produjo un gran placer saber que ella era la causa.

Luke lanzó un gruñido; después, respiró hondo y, al tiempo que soltaba el aire, retiró la mano de ella y la sujetó en la suya.

–No quiero precipitarme. Quiero darte tiempo.

Abby estaba sumamente excitada, no creía posible estar más excitada. Pero, cuando Luke volvió a posarle la boca en los pechos, su deseo aumentó. Su respiración fue haciéndose más sonora mientras los labios, la lengua y los dientes de Luke le encendían el cuerpo entero.

–Quiero saborearte –susurró él.

Era la primera vez que Abby se daba cuenta de lo excitante que podía resultar la voz de un hombre.

Abby había leído artículos sobre ese modo de dar placer, pero jamás había imaginado que le ocurriera a ella. Había pensado que la timidez y la vergüenza le impedirían exhibirse así delante de un hombre. Pero, por extraño que resultara, no sentía ni vergüenza ni timidez. Todo era perfecto. Eso era lo que quería y necesitaba. Y Luke también.

Luke le besó el monte de Venus, despacio, dejando que ella se acostumbrada a la ingerencia de él en la parte más íntima de su cuerpo.

Entonces, con suma suavidad, Luke la abrió con la lengua. Las íntimas caricias la hicieron temblar de pies a cabeza, invadiéndola de sensaciones desconocidas hasta el momento. Con labios y lengua, Luke le acarició el clítoris, y fue como si un rayo de placer la hubiera atravesado.

El repentino orgasmo la sacudió como un huracán. Se quedó sin respiración hasta que, por fin, todos los músculos de su cuerpo se relajaron y sus huesos parecieron haberse tornado líquidos.

–Ha sido... increíble –susurró Abby–. Enloquecedor. Magnífico. Mágico. ¡Vaya, vaya, vaya!

Luke le dio un beso en la boca, el sabor de ella misma en los labios de Luke volvió a excitarla y añadió otra dimensión a su intimidad, haciendo que le pareciera que algo había cambiado en su relación.

Algo único y especial que ya no se podía eliminar.

Luke volvió a acariciarle los pechos, como si no pudiera saciarse de ella.

–¿Vas a...? –preguntó Abby notando el hinchado miembro de Luke en el muslo.

–Estoy tratando de ir despacio.

–No es necesario. Estoy lista.

Estaba más que lista. Su cuerpo pedía a gritos el contacto físico que, por fin, la uniría a él en la más absoluta intimidad.

Luke le puso las manos en el rostro y se la quedó mirando a los ojos.

–¿Estás segura, realmente segura?

Abby nunca había estado tan segura en la vida.

–Hazme el amor, Luke. Por favor.

Luke respiró hondo y le acarició el labio inferior con la yema del pulgar.

–Me encanta besarte. Llevaba mucho tiempo queriendo besarte.

–¿Desde cuando?

–¿Te acuerdas de cuando Ella nos presentó?

–Sí.

Abby lo recordaba muy bien. Había sido cuatro años atrás, ella tenía entonces diecinueve años y estaba intentando abrirse camino en la vida. Hacía poco que había empezado a estudiar periodismo y, al mismo tiempo, trabajaba en una librería cuyo salario la ayudaba a pagarse los estudios. En la librería, Ella y ella habían empezado a hablar sobre libros y habían acabado tomando un café juntas y charlando como si se hubieran conocido de toda la vida.

–Ella me llevó a tu casa para conocerte.

–Y yo no estaba de humor para visitas.

–Me di cuenta al momento –comentó Abby–. No me caíste nada bien. Me pareciste arrogante y distante.

Luke volvió a acariciarle el labio inferior con los ojos aún fijos en su boca.

–No había sido siempre así. Bueno, digamos que no tanto. Aquel día, cuando me sonreíste, me sentí muy viejo.

Abby le acarició el pecho y después el miembro erecto.

–No me pareces nada viejo.

Luke sonrió.

–De todos modos, sigo creyendo que eres demasiado joven para mí.

–Solo tengo nueve años menos que tú y soy muy madura para mi edad; al menos, eso creo.

Abby se consideraba madura porque, desde que tenía uso de razón, había tenido que arreglárselas por sí misma. Eso sí que ayudaba a madurar.

Luke le besó la punta de la nariz.

–A pesar de eso, das la impresión de ser muy joven. Quizá sea porque crees que hay que disfrutar la vida y estás dispuesta a cualquier cosa por conseguir que sea así.

–A eso le llamo yo ser positiva –dijo Abby–. Hay que mirar hacia delante, no hacia atrás.

Luke la miró fijamente, como si buscara en la profundidad de los ojos de ella comprensión.

–Abby... Tienes que entender que esto es solo temporal. No puedo prometerte nada. Incluso poco tiempo puede ser un riesgo.

Abby no estaba segura de a qué riesgo se refería él. ¿A que ella acabara gustándole demasiado? ¿O su compañía? ¿O se refería a que no quería correr el riesgo de enamorarse de ella?

Abby también tenía que considerar los riesgos para ella. ¿Y si se enamoraba de Luke? ¿Estaba jugando con fuego al comenzar una relación sin posibilidades de que fuera a largo plazo?

–Podríamos fijar una fecha límite si quieres –dijo Abby–. Podríamos programar nuestros móviles para que nos la recordaran. *Rin* –Abby chascó los dedos–. Final de la relación.

–Estás de broma, ¿no?

–No –respondió Abby–. Este asunto te preocupa; en ese caso, ¿por qué no fijar una fecha para romper la relación?

–Me parece demasiado... clínico.

–No es clínico, sino práctico –declaró Abby–. Acordamos una fecha y cumplimos lo acordado. Lo digo en serio, podría incluso escribir un artículo sobre ello. Podría titularlo *Guía sencilla para tener una aventura amorosa* o, si no, *Romance sin lágrimas*.

Luke frunció el ceño y empezó a apartarse de ella.

–Puede que esto no sea una buena idea.

Abby le puso una mano en el brazo.

–¿Tú me has dado placer y yo no te voy a dar placer a ti? Eso no es justo.

Luke le cubrió la mano con la suya, pero apretó los labios.

–De acuerdo. Una semana a partir de hoy, ¿te parece?

¿Una semana? Abby había esperado al menos dos o tres. Meses, no semanas. Incluso mejor años.

–De acuerdo.

Luke la miró fijamente durante unos instantes antes de besarla con pasión, renovando su deseo.

Luke separó la boca de la suya, abrió el cajón de la mesilla de noche y sacó un preservativo.

Abby sabía que ese era un momento importante para ella y también para Luke. Iban a tener un romance de una semana. Eran dos iguales, dos personas en busca de una conexión puramente física.

Pensativamente, Luke se quedó mirando el sobrecillo del preservativo.

–Espero que la fecha de caducidad no haya pasado. ¿Tomas anticonceptivos?

–Tomo la píldora para regular mi menstruación –contestó Abby–. No soporto no saber cuándo me va a venir. La píldora me permite planificarme mejor.

Luke sacó el preservativo del sobre, se lo puso y, después, se colocó entre las piernas de ella.

–¿Segura que quieres hacerlo? Todavía podemos parar.

Abby le puso las manos en el rostro y alzó los ojos al techo.

–Ya te he dicho que sí quiero hacerlo. ¿Es que no me has entendido?

Luke le dedicó una sonrisa ladeada.

–Está bien, entendido. Sé que me deseas, pero creo que no tanto como yo a ti.

–Ponme a prueba.

Abby se frotó contra él, ofreciéndose a sí misma,

dejándose guiar por el instinto como si su cuerpo supiera qué hacer y cuándo.

Luke le separó los labios mayores y después, suavemente, le introdujo un dedo. Ya seguro de que ella le había aceptado, le metió dos dedos y los movió dentro de ella como si fuera lo más preciado del mundo.

–¿Todo bien?

–Maravillosamente bien –respondió Abby con un tembloroso suspiro.

Luke se preparó para penetrarla, muy despacio. Ella jadeó de placer, pero Luke creyó que había sido por el dolor y salió de su cuerpo.

–¿Te he hecho daño?

–No, en absoluto. Lo que pasa es que me ha sorprendido lo bien que me ha hecho sentir. Lo bien que tú me has hecho sentir.

Luke volvió a penetrarla, lentamente, centímetro a centímetro, hasta que ella le aceptó entero. Después, comenzó a moverse despacio, a empellones suaves que la hicieron estremecer de placer. No era tan directo e intenso como antes, cuando él la había excitado con la boca, pero el ritmo de los movimientos de Luke provocó un exquisito anhelo en ella. Estaba a punto de alcanzar el clímax, pero aún incapaz de llegar al punto de aquel viaje sin retorno.

Luke bajó la mano, le acarició el clítoris con los dedos mientras se movía y desencadenó una explosión. Oleadas de un insoportable placer la sacudieron, el feroz impacto la hizo gritar.

Luke esperó a que ella se calmara para, con una serie de rápidos y duros empellones, dejarse llevar al punto álgido del pacer.

Después, silencio, un silencio profundo. Una absoluta paz la envolvió y se entregó a aquella exquisita relajación...

Mientras Abby dormía, con un brazo alrededor de su cintura y una mano sobre su corazón, Luke no podía apartar los ojos de ella. Por una parte, se reprendía a sí mismo por lo que había pasado, por lo que había permitido que ocurriera; al mismo tiempo, no se arrepentía de haber hecho el amor con ella. Tenerla en los brazos, poseerla y conseguir que Abby tuviera un orgasmo con un hombre por primera vez era algo que escapaba a su experiencia. No le había ocurrido eso nunca.

¿Era por eso por lo que le había parecido tan diferente, por haber sido Abby virgen? No lo sabía con seguridad, aunque consideraba un honor y un privilegio que ella hubiera confiado en él tanto como para hacerle su primer amante. Solo estaba seguro de una cosa: jamás olvidaría aquella experiencia.

Pero no estaba dispuesto a ir más allá.

No iba a permitir que su relación fuera más lejos. Un breve romance; después, Abby sería libre para continuar con su vida y buscar al hombre perfecto, si ese hombre existía.

No quería ni imaginar lo que su hermana pensaría de esa semana de relaciones amorosas con Abby. Ella llevaba años, al menos cuatro, tratando de convencerle de que saliera con chicas. Aunque su familia no lo sabía, había salido con un par de mujeres durante los dos últimos años. Pero no había querido que las relaciones fueran a más porque no había querido responsabilizarse de los sentimientos de otra persona.

Había presenciado el derrumbe emocional de su madre con su divorcio y la impotencia que había sentido entonces nunca le había abandonado. Había pasado años temiendo que su madre jamás se recuperase y, después, había asumido la responsabilidad de mantener unida a su familia.

Abby estaba acurrucada junto a él, como un cachorro. Luke comenzó a acariciarle el ondulado cabello castaño mientras respiraba su aroma.

Se frotó contra él, excitándole. Entonces abrió los ojos y le sonrió.

–¿Lo he soñado o estás otra vez...?

Luke le acarició el rostro y adoptó una expresión más reservada.

–Otra vez.

Una sombra cruzó los ojos de ella.

–Te arrepientes de lo que hemos hecho, ¿verdad?

Luke le acarició el labio inferior con la yema de un dedo.

–Me preocupa que creas que esto signifique más de lo que es.

–¿Quieres decir más que sexo?

–Una relación de una semana es una relación de una semana, no una relación para toda la vida –declaró él.

Abby lanzó una suave carcajada.

–¿Quién tiene miedo de que lo considere algo más, tú o yo?

Eso era precisamente lo que le preocupaba. Ya se

había saltado una regla de oro. Se había dejado llevar por un deseo reprimido, o ignorado, durante mucho tiempo.

No podía volver atrás, ya había ocurrido.

Compartirían eso siempre. Algo único y especial, algo que Abby no podría compartir con ningún otro hombre y sospechaba que a él le ocurriría lo mismo. Había sido él su primer amante.

–Como teoría no está mal –dijo Luke–. Pero conozco mis límites y te aseguro que no me interesa comprometerme emocionalmente con nadie.

–Pero esta semana, mientras estemos juntos, va a ser una relación exclusiva, ¿verdad?

A Luke le molestó un poco que Abby hubiera considerado necesario hacer esa pregunta. ¿Acaso creía que él era como su padre, que estaba cortado por el mismo patrón? Sus principios eran muy distintos a los de su progenitor, que había tenido varias amantes durante su matrimonio.

–Claro que va a ser una relación exclusiva. Te doy mi palabra.

–Y yo a ti la mía –dijo Abby con una sonrisa–. A mí me parece una cobardía engañar a tu pareja. ¿Por qué no ser honesto y decir que ya estás cansado de la relación? En mi opinión, eso sería lo justo.

–Estoy completamente de acuerdo contigo –declaró Luke–. Mi madre no tenía ni idea de que mi padre la estaba engañando ni era consciente de que las cosas no iban bien. Un mes antes de decirle que tenía una amante, mi padre la invitó a un restaurante muy bueno para celebrar diecisiete años de casados. Esa semana incluso le regaló un ramo de flores.

Abby frunció el ceño con expresión de absoluto desagrado.

–Eso es una crueldad. ¿Qué clase de hombre es tu padre? Yo diría que es un sádico.

–Sí, bueno, no sé, apenas tengo contacto con él –dijo Luke–. No soporto oírle presumir de sus conquistas.

Abby le acarició la mejilla, sus ojos brillaban.

–Eres un buen hombre, Luke Shelverton. Un hombre decente y honesto, no como tu padre y el mío.

Luke aguzó el oído al oír a Abby mencionar a su padre. Ella le había dejado perplejo con lo que le había contado de su madre, pero no le había dicho nada sobre su padre.

–¿Está vivo? ¿Le ves alguna vez?

–La última vez que le vi tenía cinco años y medio –respondió Abby alzando los ojos hacia los suyos–. Cuando mi madre murió, los servicios sociales pensaron que sería bueno para mí estar con él, a pesar de que mis padres se habían separado y mi padre llevaba meses sin verme.

Cinco años y medio. Luke no podía creerlo. Debía haber sido horrible para Abby ver a su madre muerta en el suelo a tan tierna edad. Y debía haber sido aterrador para ella verse en manos de su padre, un hombre al que no había visto durante meses.

Se le hizo un nudo de angustia en el estómago. Lo que Abby debía haber sufrido a causa de unos adultos incompetentes que deberían haberla amado y protegido.

Luke le acarició la mejilla.

–Siento mucho lo que has debido sufrir. No puedo imaginar lo mal que debiste pasarlo.

Abby sonrió débil y tristemente.

–No suelo pensar en ello. Ocurrió hace mucho tiempo y, en cierto modo, es como si no me hubiera pasado a mí, sino a otra persona.

–¿Es por eso por lo que no se lo has contado a Ella? ¿Has reescrito tu pasado para que te resulte menos doloroso?

–Menos doloroso y menos vergonzoso –añadió ella–. Mi padre está en la cárcel, lleva allí desde que yo tenía seis años. Estuvo a punto de matar a una persona por cuestiones de drogas. Fue él quien introdujo a mi madre a la heroína, estoy segura. Con el tiempo, se descubrió que era el cabecilla de un grupo de traficantes; a pesar de haberse estado haciendo pasar solo por un adicto. Cuando mi madre murió, se hizo pasar por un pobre adicto con una hija pequeña y las autoridades le creyeron.

–¿Estabas contenta el poco tiempo que estuviste con él?

Abby sacudió la cabeza.

–No le soportaba. Tenía mucho genio y maltrataba a la novia que tenía por aquel entonces; la obligaba a cuidar de mí y, por supuesto, ella lo pagaba conmigo. Me sentía muy mal con él y, cada vez que la trabajadora social venía a visitarme, yo me deshacía en lágrimas. Pero él la engañaba, diciendo que yo lloraba porque tenía miedo de que me separaran de él. Me sentía sola, perdida y desamparada.

Luke la abrazó. Los problemas que él había tenido con su padre no podían compararse con lo que Abby había sufrido durante la infancia. Él siempre había podido contar con su madre, seguro de su cariño y protección. Y también tenía a su hermana, que siempre hacía todo lo que podía por mantener unida a la familia.

Pero Abby había sufrido durante toda su infancia. ¿Cómo, después de tanta tragedia, había logrado convertirse en una mujer tan abierta, cariñosa y positiva? Se merecía mucho más de lo que había recibido hasta el momento. ¿Podría él, en una pequeña medida, compensarla por tanto dolor como había tenido que soportar?

Una idea comenzó a cobrar vida en su cabeza y empezó a echar raíces. Podía llevarla a la isla de vacaciones. La mimaría y la trataría como a una princesa durante una semana. Él también llevaba siglos sin tomarse un descanso y les serviría para conocerse mejor. Además, Abby todavía no podía ir a su casa. Era la solución perfecta.

Sonó una alarma en su cerebro, pero la ignoró. Sería solo una semana, justo lo que ambos habían acordado. No se trataba de prometerle un futuro juntos.

No podía prometer un futuro a nadie.

Luke acarició uno de los rizos de ella, se enrolló un dedo con él y la miró a los ojos.

–Sería una pena perder las vacaciones que he ganado en la rifa.

La mirada de Abby se iluminó.

–¿Estás diciendo lo que creo que estás diciendo?

–No me importaría nada pasar una semana al sol en una playa. Tendría que solucionar antes algunos asuntos de trabajo, pero...

–¡Oh, Luke, gracias, gracias, gracias! –Abby depositó diminutos besos en sus labios–. Lo pasaremos en grande. Tendremos una isla entera para nosotros solos.

–¿Cuánto tiempo te llevaría hacer el equipaje?

Abby hizo una mueca.

–Mi casa. No puedo entrar por ropa y no me apetece ponerme la ropa de...

–Eso no es problema –la interrumpió Luke–. Iremos de compras. Lo pagaré yo.

Abby se mordió el labio inferior, evitando su mirada.

–No sé si me apetece que me compres ropa.

Luke agarró la barbilla de Abby y la obligó a alzar el rostro.

–Escúchame bien, ¿de acuerdo? Quiero mimarte. Lo hago más por mí que por ti, así que permite que me dé este pequeño gusto, ¿te parece?

Los ojos de ella cobraron un brillo travieso.

–Encantada de darte gusto.

Abby arrugó la nariz, le rodeó el cuello con los brazos y acercó la boca a la suya.

Luke cerró la corta distancia entre sus bocas. Acarició los labios de Abby para penetrar su boca y ella, con un suspiro, le permitió entrar. Sintió un intenso calor extenderse por todo su cuerpo, la hirviente sangre fluyéndole hasta la entrepierna.

Acarició los pechos de Abby y le pellizcó un pezón. Entonces, bajó el rostro y comenzó a chuparle un seno antes de mordisquearle el pezón.

Abby, con respiración entrecortada, se frotó contra él, le buscó con la mano y lo encontró totalmente excitado. Al sentir los dedos de ella alrededor de su miembro, endureció aún más, las pulsaciones de su deseo le sacudieron como ondas eléctricas.

Se dejó besar la garganta, el pecho, el vientre...

Luke contuvo la respiración y le puso a Abby una mano en el hombro.

–No tienes que hacer eso...

Abby alzó la cabeza y lo miró con expresión dubitativa.

–Tú me lo has hecho a mí. ¿No quieres que...?

–Abby –Luke le puso una mano en la mejilla–, no quiero que te sientas obligada a hacer nada. Quiero que hagas solo lo que te apetezca en todo momento.

–Me apetece esto. Contigo estoy mejor que con nadie en mi vida. Te he contado cosas que nunca antes había contado. Eso demuestra lo bien que me encuentro contigo.

Las palabras de Abby le enternecieron. Mucho. Además, estaba tan excitado que apenas podía controlarse un segundo más.

–¿Estás segura que quieres hacer eso?

Abby volvió a acariciarle el pene, tal y como a él le gustaba. Era como si ella pudiera adivinar los secretos de su cuerpo.

–Quiero hacerte sentir lo que me hiciste sentir a mí.

En parte, Luke quería parar aquello; pero, al mismo tiempo, quería la boca de Abby rodeando su miembro. Y quería su lengua. Quería. Quería...

Abby no esperó a que él pudiera disuadirle. Por encima de él, agarró un preservativo y lo sacó del sobrecillo. Antes de ponérselo, le acarició el miembro con el aliento. Fue una caricia extraordinariamente erótica.

–Dámelo –dijo Luke con una voz que ni él mismo reconoció.

Abby lo apartó para que no pudiera alcanzarlo.

–Lo haré yo.

Ya protegido, comenzó a besarle el pene y un exquisito placer le recorrió el cuerpo entero. Entonces, Abby lo rodeó con sus labios...

Luke gimió y gimió mientras trataba de controlarse para prolongar aquel insufrible placer.

Y entonces echó a volar...

Capítulo 7

LO MÁS erótico que Abby había visto en la vida era ver a Luke a su merced. Los gemidos guturales y las sacudidas del cuerpo de él le produjeron un profundo placer. Un placer que se concentró en su sexo al darse cuenta del poder sexual que tenía como mujer.

Luke estaba tumbado boca arriba, aún no había recuperado el ritmo normal de la respiración, pero le tomó la mano, se la llevó a la boca y le besó todos y cada uno de los dedos mientras la miraba fijamente a los ojos.

–No sé dónde has aprendido a hacer eso, pero ha sido magistral –comentó él con una sonrisa.

Abby se echó a reír, se medio tumbó sobre él y empezó a juguetear con el vello de su pecho.

–Me gusta cuando sonríes –dijo Abby acariciándole los labios–. Me gusta más que sonrías a que vayas con el ceño fruncido. Así pareces menos distante, más cercano.

Luke continuó sonriendo y fue por otro preservativo.

–Voy a tener que ir a la farmacia; si no, vamos a tener problemas.

El único problema que Abby presagiaba era involucrarse emocionalmente con él durante su breve romance. Era un riesgo que había estado dispuesta a correr, pero... ¿no había sido una estupidez por su parte creer que podría separar el sexo de los sentimientos? Hacer el amor con Luke no se limitaba al sexo, era mucho más. Se estaba estableciendo un fuerte lazo de unión entre ellos.

Estaba pasando, no eran imaginaciones suyas.

Con cada beso, con cada caricia se sentía más unida a él. Luke era su primer amante, el hombre que la había enseñado a recibir y dar placer, el hombre que solo con ella se había permitido liberar esos deseos básicos que tanto tiempo llevaba reprimiendo.

Luke se incorporó un poco para ponerse el preservativo y Abby aprovechó la oportunidad de acariciarle el pecho y el abdomen.

Luke la hizo tumbarse y entonces le acarició los senos, los chupó y los lamió, y sus mordisquitos la deleitaron.

Abby ya no podía soportarlo más.

–Estás tardando mucho. Te deseo. Ya.

Con suavidad, le abrió los labios mayores y su penetración fue acompañada de un gruñido profundo. Abby le recibió dentro de su cuerpo y le rodeó la cintura con las piernas para que pudiera llenarla más a fondo. El movimiento de él la excitó, pero la fricción no era suficiente para desencadenar el orgasmo que sentía estaba cobrando fuerza.

Luke bajó la mano y la tocó. Y ella se lanzó a la estratosfera y perdió la razón mientras oleadas de placer sacudían su cuerpo.

Abby volvió a la realidad justo cuando él comenzó a incrementar el ritmo de sus empellones hasta alcanzar también el orgasmo. Luke emitió un gemido ahogado y, por fin, se dejó caer encima de ella.

Abby le acarició el pelo mientras le oía respirar y sentía en el pecho el de él. Nunca se había sentido tan unida a nadie.

Luke volvió la cabeza y le mordisqueó el lóbulo de la oreja.

–¿Sabías que eres increíble?

–Estaba justo pensando lo mismo de ti. Mi teoría ha quedado demostrada.

Luke le acarició los labios.

–¿De qué teoría estás hablando?

–De la de bailar –contestó Abby–. Si una pareja se entiende bailando, también se entiende en la cama. Lo hemos demostrado.

La sonrisa de él le produjo un cosquilleo en el estómago.

–¿Te gustaría consultar con mi escéptico cerebro alguna teoría más?

–Crees que estoy loca, ¿verdad?

Luke capturó su boca y le dio un ardiente y profundo beso.

–Creo que eres bonita y que tienes sentido del humor, y creo que voy a hacerte el amor otra vez. A menos que prefieras bailar.

–Ya bailaremos luego.

Más tarde, aquella misma mañana, Abby se dio una ducha y luego se quedó esperando a que Luke volviera con algo de ropa para ella, incluida ropa interior. Le gustaba que fuera a comprarle bragas y sujetador. Le gustaba que él fuera a tener en sus manos esas prendas tan íntimas que, antes o después, cuando hicieran el amor, se las quitaría.

Abby se paseó por la casa de Luke, aunque se sentía culpable por estar husmeando, quería saber todo lo posible sobre él. Luke era como un libro que había empezado a leer y no podía dejar.

Sabía que podía confiar en Luke y que se sentía segura con él. Igual le ocurría con Ella, lo que significaba que tendría que hablarle de su pasado antes o después.

Justo en ese momento, sonó su móvil. Era Ella.

–Hola, estaba pensando llamarte...

–¿Es verdad? –la interrumpió Ella con entusiasmo en la voz–. ¿En serio Luke te ha acompañado a la fiesta?

–Sí. Al final conseguí...

–Ya lo sé, ya lo sé, era una pregunta retórica –Ella se echó a reír–. He visto las fotos de los dos anoche, están en Twitter. Hacéis una pareja maravillosa.

Abby no sabía si contarle a su amiga lo que había pasado con Luke.

–Lo pasamos muy bien. Tu hermano baila de maravilla.

–¡No puedo creerlo! –exclamó Ella–. ¿De verdad conseguiste que bailara? ¿En serio?

–Sí. Lo pasamos muy bien y después de la fiesta fuimos a tomar algo.

–¿En serio? –Ella parecía entusiasmada–. ¿Y qué más hicisteis?

Abby se refugió en un silencio protector. ¿Cómo

iba a contarle a su amiga lo que había pasado entre Luke y ella, a pesar de que fuera su mejor amiga?

–¡No, no me lo digas, lo sé! –exclamó Ella cuando el silencio se prolongó demasiado–. No me lo digas... ¿Te has acostado con mi hermano?

–Bueno...

–¡Qué maravilla! –gritó Ella–. Desde lo de Kimberley no se había acostado con nadie. Estoy segura. Por lo que sé, ni siquiera había salido con una chica. Bien hecho.

–¿No te molesta?

–¿Por qué iba a molestarme? Me encantaría que él y tú...

–No te hagas ilusiones. Solo vamos a tener un corto romance de una semana.

–Ya, y los elefantes vuelan –dijo Ella–. Tú no eres la clase de chica que tiene aventuras amorosas a corto plazo; de ser así, habrías tenido ya muchos novios. Y, de haber sido así, lo sabría. ¿No te parece que puede que te estés equivocando? Me refiero a que es extraordinario que Luke vuelva a salir con una chica, pero una semana solo no es suficiente para ninguno de los dos y...

–Ella, hay muchas cosas sobre mí que desconoces.

–¿Te refieres a tu infancia?

A Abby le dio un vuelco el corazón.

–¿Qué sabes tú de mi infancia?

–No gran cosa. Pero no me ha pasado desapercibido el hecho de que no te gusta hablar de tu familia; siempre que sale la conversación, esquivas el tema y te pones a hablar sobre mí. Y te he visto hacerlo con otra gente. No quieres hablar sobre ti misma.

–¿Por qué no me habías dicho nada?

–Porque suponía que ya lo harías tú cuando te pareciera –contestó Ella–. No tienes trato con tu familia, ¿verdad?

–Eso se debe a que no tengo familia.

Entonces, Abby le contó a su amiga más o menos lo que le había dicho a Luke. Y, al igual que le había pasado al contárselo a él, se sintió como si la hubieran librado de una pesada carga.

–Ojalá me lo hubieras contado antes –dijo Ella–. Pobrecilla, tu infancia debió ser horrible. Ahora entiendo por qué te resultaba tan difícil hablar de eso incluso conmigo. Me alegro de que se lo hayas contado a Luke, mi hermano sabe escuchar.

–Tu hermano es un encanto.

–Hablando de mi hermano otra vez, me parece estupendo que tengáis relaciones. Los dos lo necesitáis.

–¿Seguro que no te importa?

–Claro que no. ¿Por qué iba a importarme?

–¿No crees que podría dificultar nuestra amistad en el futuro? –preguntó Abby–. Por ejemplo, ¿qué pasará cuando todo se acabe y nos encontremos los tres juntos? Podría resultar una situación incómoda.

«Sobre todo para mí».

–En mi opinión, tu aventurilla con Luke es algo positivo, tanto si dura como si no. A mi hermano le vendrá muy bien, lo ayudará a superar lo de Kimberley –Ella hizo una breve pausa–. Sin embargo, tú... Debes tener cuidado, Abby, mejor no te hagas muchas ilusiones por si...

–No tienes que preocuparte por mí –interrumpió

Abby, mostrando más confianza en sí misma de la que sentía–. Los dos estamos de acuerdo en que dure solo una semana. Ninguno se va a enamorar en tan poco tiempo.

–Yo creo que eso no se puede saber y...

–Bueno, basta ya de hablar de mí –interpuso Abby–. ¿Qué tal la escuela? ¿Qué tal fue la reunión con los padres de los alumnos?

–Como de costumbre, Abby, estás desviando la conversación –dijo Ella–. No quieres seguir hablando del tema... de acuerdo, no hablaremos más de ello. Pero, por favor, ten cuidado. Luke es sumamente reacio a las relaciones serias y duraderas, no quiere comprometerse con nadie. Creo que es por tener un padre como el nuestro.

–No creo en absoluto que Luke sea como vuestro padre.

–No lo es, pero da igual –dijo Ella con una nota de advertencia en la voz–. Conozco bien a mi hermano. Luke es más terco que una mula.

Abby no pudo evitar sonreír.

–Sí, ya me he dado cuenta.

Luke compró ropa y prendas de lencería para Abby en una boutique de Bloomsbury y volvió andando a su casa. No podía evitar estar en conflicto consigo mismo. Hacer el amor con Abby había sido maravilloso, una experiencia única; sin embargo, a la vez, no podía evitar sentirse como pez fuera del agua.

Le producía un gran desasosiego intimar tanto con una mujer, le desestabilizaba. Era como caminar sobre la superficie helada de un lago sin saber el grosor del hielo, con cada paso cabía la posibilidad de hundirse en gélidas aguas.

Cada paso podía ser mortal.

Con Abby había bajado la guardia, le había contado cosas que jamás había contado a nadie. Al mismo tiempo, ella también le había hablado de su doloroso pasado.

La confesión de Abby le había hecho sentirse... digno de su confianza. Sí, eso era. Ella le había confiado un secreto, la verdadera y triste realidad de su infancia, la avergonzante realidad que intencionada y desesperadamente había ocultado tras las mentiras de sus artículos en la revista, igual que hacían los magos para despistar a su público.

La aparente vida perfecta de Abby era una ilusión.

En ese caso, ¿por qué demonios se había metido él en ese lío? ¿Por qué se había prestado a hacerse pasar por el príncipe azul de Abby? ¿Por qué iba a llevarla de vacaciones a una isla privada?

¿En qué demonios había estado pensando?

Ese era el problema, no lograba pensar cuando estaba con Abby. Su cuerpo se imponía a su mente y el deseo le obnubilaba.

No podía resistirse a ella.

Estaba perdido desde el primer beso; a partir de entonces, había perdido el control sobre sí mismo. Esos besos le habían hecho rendirse a ella, fracasar en su intento de resistirse a la atracción que Abby ejercía en él.

Abby era su kriptonita, sus cacahuetes. No conseguía saciarse de ella.

Y durante una semana, la semana siguiente, ni siquiera iba a intentarlo.

Abby jamás había ido a comprar ropa y otras cosas necesarias para un viaje dejando que pagara otra persona. Hasta ese momento, al ir de compras, siempre había tenido que considerar el dinero que tenía en el banco y hasta qué punto podía pagar con la tarjeta de crédito. Era ahorradora, pero siempre surgían imprevistos.

En esta ocasión, no tuvo que preocuparse de nada. Luke se estaba encargando de todos los pagos, le ayudaba a elegir y estaba cargando con las bolsas con las compras.

Estaban en una boutique en la que había ropa de baño y otras prendas deportivas. Ella pasó la mano por una hilera de bikinis colgando de unas perchas mientras se preguntaba si se atrevería a ponerse uno. Siempre había llevado bañadores con el fin de disimular su algo abultado vientre.

–¿Por qué no te pruebas uno? –dijo Luke.

Abby apartó la mano de los bikinis y bajó el brazo.

–No tengo cuerpo para eso. Me daría vergüenza.

–Vamos a estar solos en la isla, así que no tiene por qué darte vergüenza.

Abby volvió a mirar los coloridos bikinis y suspiró.

–No sé...

–Vamos, toma –Luke agarró tres bikinis: uno negro, otro rosa fuerte y otro amarillo canario–. Estarás guapísima con los tres. Venga, ve al probador.

Abby agarró los bikinis, pero aún se sentía insegura.

–¿En serio crees...?

Luke bajó la cabeza y le susurró al oído:

–Si quieres que te diga la verdad, preferiría que fueras desnuda; pero sí, creo que estarás impresionante con los tres. Y ahora, ve a probártelos.

Las palabras de Luke, con su erótica promesa, y el modo como su aliento le acarició la piel, la hicieron temblar.

–Como usted diga, señor –dijo ella haciendo un saludo militar.

Abby fue a un probador, se quitó la ropa y desnuda, se miró en el espejo, tratando de ver su cuerpo tal y como Luke lo veía. Desde la adolescencia tenía problemas para aceptar su cuerpo. Las hormonas de la pubertad habían transformado su cuerpo infantil en un cuerpo de mujer exuberante, y le costaba aceptarlo. Además, los piropos y las lascivas miradas que recibía le hacían recordar a los clientes de su madre, haciéndola avergonzarse de su cuerpo en vez de enorgullecerse de él.

Pero cuando Luke la miraba no le daba vergüenza. No le molestaba ni le avergonzaba que Luke la encontrara atractiva, sino todo lo contrario.

Abby cambió de postura varias veces delante del espejo, se agarró los pechos con las manos y pensó en lo que había sentido cuando Luke los había acariciado. Se excitaba solo con pensar en eso.

Se probó los bikinis, pero le resultó imposible elegir entre los tres. Entonces, se vistió, salió del probador y fue a reunirse con Luke.

–¿Qué tal te quedan?

–Me gustan, pero...

–Estupendo. En ese caso, nos llevaremos los tres –Luke se los quitó de las manos y se los dio a la dependienta–. Vamos a llevarnos esto.

La joven dependienta sonrió a Abby, cobró a Luke, envolvió los bikinis y los metió en una bolsa con el logotipo de la tienda.

–¡Qué suerte! Es el novio perfecto. Por cierto, me encanta todo lo que escribe en su columna. Sus consejos dan siempre en el clavo.

–Gracias –dijo Abby agarrando la bolsa.

–¿Es ese su anillo de compromiso? –preguntó la dependienta clavando los ojos en la mano izquierda de Abby–. ¿Le importaría enseñármelo?

Abby levantó la mano para que la joven lo viera bien y fue entonces cuando se dio cuenta de que no era la clase de anillo que Luke le compraría a su prometida si la tuviera. El anillo era demasiado grande y llamativo, y no le quedaba bien. Era la típica sortija propia de un nuevo rico, elegida con el fin de dejar claro el estatus social.

–Es un anillo precioso –dijo la dependienta–. Espero que los dos sean muy felices, aunque supongo que ya lo son. Hacen una pareja perfecta.

Abby estaba deseando salir de allí y se alegró mucho cuando Luke y ella, de la mano, se marcharon de la tienda.

–¿Te apetece un café antes de volver a casa? –preguntó él.

–Creo que necesito algo más fuerte que un café.

–Ese anillo que llevas es horrible –comentó Luke tocándolo–. Y, además, no es un brillante auténtico.

–¿Cómo sabes que no es un brillante?

–Es una buena imitación, eso sí.

Abby hizo una mueca.

–Me habría comprado uno de verdad si hubiera tenido dinero para ello.

Luke esbozó una sonrisa ladeada.

–Eres muy chistosa, ¿verdad?

–Sí, así soy yo, un chiste andante.

Luke frunció el ceño.

–Eh, vamos –dijo él poniéndole una mano en la barbilla y obligándola a alzar el rostro–. Cielo, no me estoy riendo de ti. Me gusta como eres.

A Abby le dio un vuelco el corazón.

–Me has llamado cielo.

Luke apartó la mano del rostro de ella.

–¿No era ese el trato? ¿No se supone que tengo que decirte cosas cariñosas en público? Cielo, cariño, mi vida... ¿No habíamos quedado en eso?

–Sí...

–¿Pero?

–No creía que lo harías –respondió Abby encogiéndose de hombros.

–¿Por qué dices eso? –preguntó Luke mirándola a los ojos.

–Tú no eres dado a decir cosas que no sientes –respondió ella.

–Gracias a mi padre –Luke le agarró la mano y volvieron a echar a andar–. Mi padre hablaba mucho, pero luego no hacía nada de lo que decía. A veces me pregunto qué vio mi madre en él. No parece su tipo.

–Eso mismo les ocurre a muchas de mis lectoras –comentó Abby–. Es como si las mujeres estuviéramos programadas para elegir a la peor pareja posible. Y muchas lo hacen constantemente, no aprenden.

–La cuestión es... –Luke se interrumpió momentáneamente–. Creo que mi madre sigue enamorada de mi padre, a pesar de lo mucho que él la ha humillado. No lo entiendo. ¿Por qué?

«Porque es una mujer enamorada».

–Supongo que es una cuestión de química –dijo clla–. Te enamoras y te enamoras y ya está.

Capítulo 8

CONTINUARON andando hasta llegar a un lujoso bar restaurante del que Abby había oído hablar pero en el que nunca había estado. Después de entrar, les condujeron a un íntimo rincón y se sentaron en un sofá de terciopelo.

Abby paseó la mirada por la exquisita decoración, casi no podía creer que estaba allí. Hacía mucho tiempo que quería visitar aquel establecimiento, pero estaba fuera de su alcance económicamente.

–¿Qué te apetece? –le preguntó Luke pasándole el menú de los cócteles–. ¿Un cóctel y cacahuetes o algo con más sustancia?

«Me apeteces tú».

–¡Este sitio es increíble! ¡Mira los platos que tienen en la carta! Y los cócteles son sorprendentes. Me apetece probarlos todos. En fin, supongo que podré empezar la dieta mañana.

Luke le lanzó una mirada de censura.

–Como vuelvas a pronunciar la palabra dieta no respondo de mis actos.

–¿No crees en las dietas de adelgazamiento? –preguntó Abby con expresión de sorpresa.

–La mayoría de la gente que se pone a dieta gana

peso en el momento en que la deja, eso para empezar. En segundo lugar, tú estás bien como estás.

–Gracias por el halago –Abby extendió el brazo sobre la mesa para agarrarle la mano–. Llevo años que no me gusto.

Los cálidos y fuertes dedos de Luke estrecharon los suyos.

–Tienes un cuerpo precioso.

Abby sonrió y luego clavó los ojos en sus manos unidas. Sería maravilloso llevar el anillo dc compromiso de Luke en vez dc ese brillante falso que ella misma se había comprado.

Poco tiempo después, un camarero les llevó las bebidas y una bandeja con comida para compartir.

Abby se recostó en el respaldo del sofá y comenzó a beber su cóctel, que pareció subírsele inmediatamente a la cabeza; o quizá su mareo se debiera a que Luke la contemplaba como si estuviera pensando en la noche anterior.

Bajó los ojos y los clavó en los adornos del borde de la bandeja con comida.

–Supongo que el hecho de no tener unos padres que me quisieran incondicionalmente ha hecho que dude constantemente de mí misma.

–Teniendo en cuenta todo lo que has pasado, es comprensible.

Abby suspiró.

–Tengo que confesar que Ella siempre me ha dado un poco de envidia. Tu hermana contaba con dos padres, al menos tu madre nunca la ha defraudado, y también cuenta contigo. Es por eso por lo que nunca le he hablado de mi infancia. Por lo que a mí concierne, esa chica con unos padres tan horribles ya no existe.

La expresión de Luke mostró comprensión.

–Creo que subestimas a Ella, pero entiendo lo que dices –una sombra cruzó la mirada de Luke–. No le he contado a nadie que rompí con Kimberley la noche que murió. La única que lo sabe eres tú.

Abby dejó su copa en la mesa.

–Y ella... ¿crees que se lo dijo a alguien antes de morir?

–No que yo sepa. Tuvo el accidente dos horas después de que saliera de mi casa, pero no sé qué hizo durante esas dos horas.

Abby comprendía que Luke pudiera sentirse culpable. ¿Cómo iba a contarle a nadie que Kimberley había muerto dos horas después de que rompieran su relación? La revelación solo acarrearía más sufrimiento a la familia de Kimberley. Y si Luke se lo hubiera dicho, ¿no le habrían culpado de la muerte de ella, a pesar de que él no era el responsable? La ruptura de una relación era algo normal, ocurría todos los días y a la mayoría de la gente. ¿Cómo podía haber sabido Luke que Kimberley iba a tener un accidente de coche dos horas más tarde? Era imposible.

Y, por supuesto, Luke no era el responsable.

Pero ahora se daba cuenta de lo sensible que era Luke bajo esa apariencia de arrogancia. Había intentado evitar un mayor grado de sufrimiento a la familia de Kimberley, ese era el motivo de no haberles revelado el hecho de que ya no había querido estar con ella.

–¿Estaba muy mal cuando salió de tu casa?

El rostro de Luke ensombreció.

–No, en absoluto. Y eso es algo que nunca he logrado entender. En aquel momento, me dio la impresión de que sabía que ese día íbamos a acabar nuestra relación. Incluso pensé que Kimberley parecía... no sé, yo diría que aliviada. Sin embargo... –Luke sacudió la cabeza–. Es posible que me equivocara, que nunca hubiera llegado a entenderla.

–Cabe la posibilidad de que en esas dos horas hablara con algún amigo –dijo Abby–. Eso es lo que hacen muchas mujeres cuando están disgustadas, acuden a sus amigos en busca de apoyo.

–Si Kimberley se lo contó a alguien, nadie me ha dicho nada –declaró Luke–. Aparte del sentimiento de culpa, lo que también me ha resultado muy duro es saber que su familia me ve como el novio que todavía llora su muerte y que es incapaz de salir con otra chica –hizo una mueca–. La cuestión es que... eso parece ayudarlos, pensar que no sufren solo ellos.

El lunes por la mañana, Luke fue a su oficina, reorganizó su programa de trabajo y su inacostumbrada espontaneidad estuvo a punto de causar varios infartos en los empleados.

Por extraño que pareciera, a la gente de la oficina no pareció sorprenderles que estuviera «prometido» con Abby Hart.

–No sabes cuánto me alegro por ti –dijo Kay, su secretaria, una mujer de mediana edad–. Me encanta la columna de Abby, la leo todas las semanas. Sus consejos evitaron que el año pasado me divorciara de John.

Luke frunció el ceño.

–No sabía que hubierais tenido problemas.

Kay alzó los ojos al techo.

–Iba a separarme porque había dejado de ayudarme en las tareas domésticas, mientras yo hacía cosas en la casa, él se quedaba sentado delante del televisor sin inmutarse. Pero Abby, en su columna, observó que las parejas no se divorcian por cuestiones de quién hacía la colada y quién no. Hay cosas más importantes que eso. Y tenía toda la razón. El pobre John estaba pasando por momentos difíciles con su negocio, lo que le tenía deprimido, de mal humor y cansado. Le daba vergüenza decírmelo. De no haber sido por los consejos de Abby, puede que siguiera sin saberlo. Esa chica es un genio.

Luke no pudo contener una sonrisa.

–Es muy especial, ¿verdad?

Kay le devolvió la sonrisa.

–Hacía mucho tiempo que no te veía tan contento –Kay se inclinó hacia delante y, adoptando una expresión seria, apoyó los codos en el escritorio–. Supongo que no querías que se supiera lo de Abby y tú por respeto a la familia de Kimberley. Pero estoy segura de que se alegrarán por ti. Han pasado ya cinco años.

Como siempre que pensaba en la familia de Kimberley, a Luke se le hizo un nudo en el estómago. Había llamado a los padres de Kimberley para explicarles que el noviazgo era falso, que se trataba de un favor que estaba haciéndole a Abby. No podía permitir que los padres de Kimberley pensaran que tenía novia y no se lo había dicho.

Luke iba andando camino a su casa, donde Abby le esperaba para ir desde allí al aeropuerto, cuando pasó por delante de una joyería.

Se detuvo delante del escaparate y, al momento, se preguntó qué estaba haciendo. Sin embargo, no podía dejar de pensar en la vergüenza que Abby parecía haber pasado en la boutique de los bikinis al enseñarle el anillo falso a la dependienta.

¿Por qué no podía comprar a Abby un anillo del que no tuviera que avergonzarse? Ella se lo merecía. Además, él mismo se sentiría mejor, sería una compensación por haber establecido un límite de tiempo tan corto a su aventura amorosa.

Entró en la joyería, pidió que le enseñaran el colgante con un brillante que tenían en el escaparate, lo compró y continuó el camino a su casa.

Le sorprendía las ganas que tenía de pasar una semana en aquella isla. Y no solo porque hacía mucho que no se tomaba unas vacaciones... ¿Cuándo habían sido las últimas? Hacía tanto tiempo que ni se acordaba.

De lo que sí se acordaba era de que había ido solo.

Sin embargo, una semana con Abby en una isla privada era un sueño hecho realidad. Estaba entusiasmado. No solo porque se llevaban maravillosamente en la cama, sino porque le gustaba estar con Abby, se divertía con ella, lo pasaba muy bien en su compañía.

Luke estaba decidido a hacer lo que fuera con tal de conseguir que Abby disfrutara como nunca de esas vacaciones en la isla. Quería compensarla de alguna manera por todo lo que había sufrido en su infancia. Quería mimarla y hacerla sentirse como una princesa durante una semana.

¿Solo una semana?

Sí, eso era lo acordado.

Y no iba a desperdiciar ni un segundo.

Capítulo 9

LA ISLA y la lujosa villa eran mejor en la realidad que en las fotos, pensó Abby cuando llegaron.

La terraza de la casa tenía unas vistas magníficas al mar y a una playa de arena blanca. En la otra terraza había una piscina infinita, también con vistas al mar. La villa también contaba con unos magníficos jardines y el aroma de las flores impregnaba el aire.

La cálida brisa del mar le acarició el rostro y, echando la cabeza hacia atrás, Abby cerró los ojos un momento. Al volver a abrirlos, sorprendió a Luke mirándola con una sonrisa en los labios.

–¿Qué? –dijo ella, algo avergonzada repentinamente.

Luke le tiró de la coleta juguetonamente.

–Es muy fácil impresionarte.

–Esto impresionaría a cualquiera –dijo ella mirando a su alrededor–. Este sitio es increíble. Puede que tú estés acostumbrado, pero es la primera vez que yo estoy en una isla privada. Además, creo que es el sitio más bonito en el que he estado en mi vida. Al parecer, la casa ha ganado varios premios por su arquitectura, y no me extraña nada.

Luke echó un vistazo al edificio.

–No está mal.

–¿Que no está mal? –Abby se echó a reír–. ¿Qué hay que hacer para impresionarte a ti?

–No tienes más que ponerte uno de esos bikinis que hemos comprado. Eso sí que me va a impresionar –contestó Luke con un brillo malicioso en los ojos.

Abby sintió los latidos de su sexo.

–Lo haré tan pronto como deshagamos el equipaje.

Luke abrió la puerta principal de la casa con la llave que le había dado la persona que les había llevado en barco a la isla.

Abby todavía no podía creer que tuvieran una isla para ellos solos durante una semana entera. El ama de llaves, el jardinero y el equipo de mantenimiento de la piscina iban a estar ausentes durante su estancia. Sin embargo, les habían dejado comida, vinos y champán; además, el dueño del barco les había informado que, a mitad de semana, les llevarían fruta y verduras frescas.

Abby entró en la casa detrás de Luke y se quedó boquiabierta al ver el vestíbulo. Las paredes y el suelo eran de mármol, y una araña de cristal de Swarovski colgaba del techo como una fuente de brillantes. Los ventanales con vistas al mar conferían al vestíbulo vistas espectaculares y sensación de amplitud. La casa daba al mar por tres lados, la cuarta fachada daba a un denso y empinado bosque.

El dueño del barco le había dado a Luke un folleto con el plano de la casa. Pero ella estaba demasiado impaciente para examinarlo, prefirió explorar por su cuenta y llamaba a Luke cada vez que descubría otra sorprendente estancia.

–¡Mira esto, Luke! –Abby se encontraba entre la cocina y un comedor informal con una terraza en la que los jazmines regalaban su perfume–. Estoy deseando ponerme a cocinar aquí. Y podremos comer en la terraza cuando queramos.

–Estamos de vacaciones. Se supone que no tienes que cocinar.

–¡Quiero cocinar! –exclamó Abby paseando la mirada por los electrodomésticos y los mostradores de mármol antes de abrir una despensa–. ¡Qué barbaridad, aquí hay sitio para un coche!

Abby cerró la puerta y sonrió traviesamente a Luke.

–¿Crees que estoy parloteando demasiado?

La perezosa sonrisa de Luke hizo que el estómago le diera un vuelco.

–Ven aquí.

Abby atravesó la cocina para acercarse a él y contuvo la respiración cuando Luke le puso una mano en la nuca. Con las pupilas tan dilatadas hasta el punto de hacer desaparecer sus iris, Luke dijo:

–No quiero que pierdas un solo segundo de estas vacaciones delante de una cocina para guisar como una esclava.

Abby le rodeó el cuello con los brazos y, deleitándose en el erótico contacto, pegó su cuerpo al de él.

–¿Prefieres entonces que me esclavice a ti?

El brillo de los ojos de Luke se hizo más intenso.

–Tú lo has dicho.

Luke le puso las manos en las caderas y la hizo

sentir las pulsaciones de su miembro. Después, la besó. Las piernas le temblaron y el deseo se agolpó en su sexo.

Abby suspiró en la boca de Luke y entrelazó la lengua con la de él, pero necesitaba más.

Él empezó a quitarle la ropa como si estuviera abriendo un regalo que hubiera estado esperando desde hacía mucho tiempo.

–Te deseo –le dijo él acariciándole la garganta con los labios.

De repente, Abby se dio cuenta de lo pegajosa que estaba del viaje.

–Creo que debería darme una ducha antes de...

–Tengo una idea mejor.

Luke la llevó hasta la piscina enorme de la terraza y allí comenzó a desabrocharse los botones de la camisa.

–¿Te has bañado desnuda alguna vez?

–Siempre me ha dado mucha vergüenza –respondió ella sacudiendo la cabeza.

Eso sin mencionar que no sabía nadar.

Luke se quitó los pantalones, los zapatos, los calcetines y los calzoncillos antes de acercarse de nuevo a ella para acabar de desnudarla. Le dio un beso después de cada prenda que le quitó, le lamió y le mordisqueó la piel hasta que el deseo la sacudió como una ardiente ola.

La mezcla del sol en la piel desnuda y las caricias y besos de Luke la dejaron sin respiración y loca de pasión en cuestión de segundos.

–¿Estás seguro de que nadie puede vernos? –preguntó Abby pasándole la mano por el duro pecho.

–Estamos completamente solos.

Abby lanzó una nerviosa mirada hacia la lejanía.

–¿Y en el mar? ¿Seguro que no habrá nadie en un barco con un telescopio y...?

–Abby –dijo él con voz tranquilizadora–, conmigo estás a salvo. No te habría traído aquí si no creyera que estamos a solas.

¿A salvo?

¿Y emocionalmente?

Abby desechó la idea al instante. No iba a enamorarse de Luke, eso no era lo acordado. Además, ¿cómo iba a enamorarse tan rápidamente? Estaba confundiendo el sexo con el amor. ¿No había escrito sobre eso en su columna? Era el típico error que cometía mucha gente; sobre todo, las mujeres. Se confundía el sexo con el amor y, al final, se acababa presa de una profunda decepción.

Luke agarró un tubo de crema solar que les habían dejado allí junto con unas toallas, en la piscina, y le cubrió la espalda con la crema protectora. Ella le hizo lo mismo a él. Entonces, una vez más, Luke la estrechó contra su cuerpo y empezó a acariciárselo mientras la besaba.

Luke apartó los labios de los de ella y bajó la cabeza para besarle los pechos, para chuparlos y mordisquearlos hasta hacerla gemir de placer.

Después de unos minutos así, levantó el rostro e indicó la piscina con un movimiento de cabeza.

–¿Nos refrescamos un poco?

–¿Podríamos meternos en la parte que no cubre?

–¿Te da miedo el agua?

–Digamos que... cada vez que intento nadar, alguien me tira un flotador y llama al socorrista. En las casas de acogida en las que estuve las lecciones de natación no eran una prioridad.

–En ese caso y mientras estamos aquí, yo te ayudaré con eso.

–Ella me contó que ganaste bastantes campeonatos de natación, pero que lo dejaste cuando tus padres se divorciaron –dijo Abby.

El rostro de Luke ensombreció.

–Sí, digamos que ir al club a entrenar dejó de ser una prioridad para mí.

–¿Por qué? ¿Porque estabas demasiado ocupado cuidando de tu madre y de Ella? –preguntó Abby.

Luke hizo una mueca.

–Fue un gusto ayudar a Ella, era una niña muy buena y no me molestaba para nada. Lo que pasa es que dejé de hacer lo que los chicos de mi edad hacían. Acabé sintiéndome marginado. De todos modos, supongo que tú sabes mejor que yo lo que es sentirse marginado.

–Sí, claro que lo sé. Y, en mi opinión, lo que hiciste por tu madre y Ella fue extraordinario. Tienen mucha suerte de poder contar contigo.

Luke le sonrió.

–¿Nos metemos en el agua ya? Si no, vamos a acabar derritiéndonos.

Luke pegó el cuerpo al de ella para hacerle sentir su erección.

–Hay un problema con hacer el amor en el agua.

–¿Te refieres al preservativo?

–Sí.

Abby se mordió los labios.

–Supongo que podríamos hacerlo sin protección.

–No podemos –dijo Luke mirándola fijamente–. Demasiado arriesgado.

Abby era consciente de que Luke estaba siendo responsable respecto al sexo. Ella siempre animaba a sus lectores a que hicieran lo mismo. Sin embargo, en el fondo, deseaba que Luke se mostrara más flexible al respecto.

–Lo dices porque esto es solo una aventura amorosa de poco tiempo, ¿verdad? –Abby no logró disimular cierta amargura en su tono de voz.

Luke respiró hondo y luego le pasó una mano por el brazo.

–Abby, piénsalo. Si te quedaras embarazada yo tendría que...

–Ya lo sé, ya lo sé, ya lo sé. Sería un desastre para ti.

Luke frunció el ceño.

–¿Pero no para ti?

Abby mantuvo la expresión neutral mientras se imaginaba a sí misma con un niño de cabello castaño y ojos de un azul profundo en los brazos. Parpadeó y forzó una sonrisa.

–Claro que sería un desastre. Todavía estoy abriéndome paso en la vida con mi trabajo. No quiero tener hijos hasta que no acercarme a los treinta años.

Luke no pareció creerla del todo.

–La píldora es muy segura, pero no quiero correr ningún riesgo.

–No pasa nada, Luke. En serio, no pasa nada –dijo ella–. He escrito un montón de artículos al respecto. Resulta muy fácil dejarse llevar por el momento y luego es demasiado tarde, hay que acarrear con las consecuencias. He recibido montones de cartas de mujeres que se han quedado embarazadas sin querer. Sé que estás siendo responsable y te lo agradezco.

Con suma suavidad, Luke le apartó un mechón de cabello del rostro.

–En ese caso, primero una lección de natación. Acabaremos esto después.

Una hora más tarde Abby no estaba preparada del todo para las olimpiadas, pero había logrado nadar de un extremo al otro de la piscina sin ahogarse ni tragar agua. La piscina era de agua salada, lo que ayudaba a flotar; además, Luke era un profesor excelente.

Abby hizo otro largo, se puso en pie y parpadeó.

–¿Cuántos largos he hecho? He perdido la cuenta.

–Creo que los suficientes por hoy –respondió Luke–. Además, el sol está muy fuerte y te estás quemando. El efecto de la crema de protección solar debe haber pasado ya.

–Voy a sentarme un poco a la sombra –dijo Abby–. Como has estado ayudándome, no has podido nadar. Vamos, hazlo, debes estar muerto de ganas. Yo me quedaré mirándote. Será como ver el vídeo de un entrenamiento.

Abby se echó una toalla por encima, se sentó en una de las tumbonas y contempló a Luke deslizándose por el agua con gran economía de movimientos y habilidad.

Luke tenía la clase de piel que se bronceaba enseguida, sin ponerse roja. En el poco tiempo que llevaban allí, ya estaba más moreno.

Después de unos largos, Luke salió del agua y Abby contuvo la respiración mientras contemplaba los músculos de él. A Luke no parecía importarle en absoluto estar desnudo; a ella, delante de él, tampoco.

Luke se acercó y se sentó en el borde de la tumbona que ella ocupaba, a la altura de sus pies. Entonces, sacudía la cabeza, igual que un perro, y le mojó las piernas.

–Eh, apártate de mí –dijo Abby riendo al tiempo que, juguetonamente, le daba un empujón.

Luke se inclinó sobre ella, colocando ambos brazos a cada lado de su cintura, y sus ojos oscurecieron al mirarla.

–¿Estás segura de que eso es lo que quieres?

Abby le puso una mano en la mandíbula cubierta de barba incipiente. Clavó los ojos en las profundidades de los de Luke y, en ese momento, supo que lo último que quería en el mundo era que Luke se apartara de ella.

Le quería a su lado.

Quería tenerlo lo más cerca posible. ¿Acaso no se sentía ya más unida a él que a nadie en el mundo?

Apartó la mirada de los ojos de Luke y la clavó en su boca. Entonces, le acarició los labios como si quisiera grabarlos en su memoria.

–Tienes una boca muy bonita. Es fuerte, firme y viril; pero, al mismo tiempo, también es suave.

Luke se metió un dedo de ella en la boca y se lo chupó como había hecho con sus pezones.

–A mí también me gusta la tuya –dijo Luke después de soltarle el dedo–. Debes haberlo notado ya.

Abby le dedicó una sonrisa ladeada.

–¿Crees que, cuando acabe la semana, seguiremos siendo amigos?

Luke frunció el ceño.

–No veo por qué no.

–Sí, ya, pero este tipo de situaciones tienden a complicarse y...

Luke le alzó la barbilla y capturó su mirada con la suya.

–¿Te estás arrepintiendo?

–No. Lo digo porque ya he conocido a muchas ex-parejas en reuniones familiares... Me refiero a que Ella es, prácticamente, como de la familia y tú también, así que...

–No será ningún problema, ¿de acuerdo?

Luke se levantó de la tumbona bruscamente y se peinó el cabello con una mano sin disimular su exasperación.

–Nos enfrentaremos a la situación como debe ser, como adultos –añadió.

–No sé por qué te enfadas –dijo Abby–. Solo he mencionado posibles problemas respecto a cómo vamos a comportarnos delante de los demás en el futuro. Tenemos que hablar de ello y dejar claro lo que vamos a hacer.

–¿Qué te propones, estropear las vacaciones? –Luke la miró furioso–. Dime, ¿es eso lo que quieres? Porque lo estás consiguiendo. Solo disponemos de unos días, no los desperdiciemos preocupándonos de qué vamos a hacer cuando nos veamos durante las navidades o la Semana Santa, ¿no te parece?

Abby se mordió los labios.

–Perdona...

Luke soltó el aire que había estado conteniendo en los pulmones y se acercó a ella. Le tomó la mano, se la llevó a los labios y se la besó.

–Yo también lo siento –su mirada se había suavizado de nuevo–. No debería haberte hablado así. Perdóname.

–Y yo no debería haberte presionado.

Luke le apartó un mechón de pelo del rostro y se lo sujetó detrás de la oreja.

–Se te ha puesto roja la nariz.

Abby arrugó la cara.

–No sabes cómo te envidio, no te pones rojo, te pones moreno. Yo me pongo roja, me pelo y me salen más pecas.

Luke le acarició la nariz.

–Me gustan tus pecas.

Abby sonrió y pasó un dedo por los labios de Luke.

–¿Vamos a acabar lo que empezamos antes del baño?

Tiró de ella hasta ponerla de pie.

–Me gusta hacer el amor al aire libre, pero no quiero que te quemes. Venga, vamos adentro.

–Bien.

Luke la besó con pasión antes de llevarla al interior de la casa.

Al despertarse de una relajante siesta después de haber hecho el amor, Luke se dio cuenta de que Abby no estaba a su lado en la cama. Echó un vistazo al móvil, que había dejado encima de la mesilla de noche, y se sorprendió al ver que habían pasado dos horas.

Fue entonces cuando oyó ruidos provenientes de la cocina, en el piso bajo, y sonrió para sí mismo al imaginar a Abby trajinando en la cocina; al parecer, eso era una diversión para ella.

Para él, la comida era algo puramente funcional. Comía cuando tenía hambre y dejaba de comer cuando sentía el estómago lleno. Sospechaba que eso se debía a tantos años de vivir solo.

Sus pensamientos se desviaron a la conversación que habían tenido en la piscina. No sabía por qué Abby había querido hablar de su relación en el futuro. ¿Habría sido para advertirle sobre la posibilidad de aparecer con otro hombre en casa de su familia? ¿Por qué iba él a ponerse celoso? Abby tenía todo el derecho del mundo a hacer lo que quisiera con su vida una vez acabadas sus relaciones.

Ese era el trato: una semana, solo una semana.

Pero se le hizo un nudo en el estómago al pensar en Abby con otro hombre. ¿Tendría él que asistir a su boda? ¿Tendría que ver a otro hombre prometer amarla durante el resto de sus días?

No, ni hablar.

Luke bajó las escaleras y encontró a Abby poniendo la mesa en la terraza con vistas al mar. Iba vestida con un atuendo informal que él le había comprado y llevaba el cabello recogido en un nudo, la mezcla le daba aspecto bohemio.

Abby, que estaba doblando una servilleta, alzó el rostro y sonrió.

–¿Has dormido bien? Fui a verte hace una hora y estabas dormido como un tronco.

–Deberías haberme despertado.

Abby imitó la mueca que él había hecho.

–Vaya, estás de mal humor. Creo que deberías haber dormido un poco más.

«No tiene gracia si no estás en la cama a mi lado». Luke no podía decir eso en voz alta porque ni siquiera le gustaba pensarlo. Era como admitir que la necesitaba y él no necesitaba a nadie.

–¿En qué puedo ayudarte?

–Abre una botella de vino o... ¿prefieres champán?

–¿Qué prefieres tú?

–Champán –respondió Abby con un brillo en la mirada–. Es la primera vez que estoy de vacaciones en una isla privada y... Bueno, en realidad, has sido tú quien ha ganado el premio.

–Encantado de que me acompañes –dijo Luke–. Me alegra que lo estés pasando bien.

Abby se mordió el labio inferior y se puso a cambiar de posición el florero que había en medio de la mesa.

–Luke... me gustaría pedirte un favor...

–¿Sí?

–He recibido un mensaje de Felicity. Quiere que suba fotos de los dos durante estas vacaciones en mi cuenta de Twitter y en Instagram.

Luke ni siquiera tuvo que reflexionar sobre la respuesta.

–No.

La expresión de ella mostró desilusión.

–No creo que un par de fotos sea tan terrible. Haré...

–Puedes colgar todas la fotos tuyas que quieras; pero, por favor, mantenme al margen. Me niego rotundamente a que fotos mías aparezcan en las redes sociales.

–No te importó la noche de la fiesta.

–Eso era diferente –contestó Luke.

–¿Por qué diferente? –preguntó Abby–. Estabas haciéndote pasar por mi prometido y ahora también. ¿Qué daño te pueden hacer unas fotos más?

–Ninguno si estuviéramos realmente prometidos, Abby –respondió Luke.

Los ojos marrones de Abby parpadearon como si acabara de recibir un golpe.

–Pero esta relación nuestra... es real, ¿no?

–Sí. Pero por una semana, solo una semana.

–De acuerdo, no hay problema –Abby se cruzó de brazos–. De todos modos, no veo cuál es el problema de colgar unas fotos de los dos en Internet.

–Mira, Abby, puede que a ti no te importe compartir tu vida con el resto del planeta, pero a mí sí me importa, y mucho –declaró él–. Una vez que esas cosas están en Internet ahí se quedan, no desaparecen nunca.

Abby se mordió el labio inferior con gesto pensativo.

–Supongo que a la familia de Kimberley podría sentarle mal...

Luke apretó los labios.

–La familia de Kimberley no tiene nada que ver con esto. Saben que nuestro noviazgo es falso.

–¿Se lo has contado? –preguntó ella agrandando los ojos.

–No podía permitir que se enterasen por los medios de comunicación que tenía novia –explicó Luke–. Me pareció una cuestión de respeto hacia ellos explicarles la situación.

–¿Y qué hay del respeto que me debes a mí? –dijo Abby–. ¿Qué me dices de mi trabajo? ¿Y si se les ocurriera decirle a alguien que lo nuestro es una farsa? Dime, ¿qué? ¿No se te ha ocurrido pensar en eso? Destruiría mi carrera. ¿Cómo se te ha ocurrido hacerlo sin consultarme primero?

Luke lanzó un suspiro. Ese era el motivo por el que no quería tener relaciones con nadie. Antes o después, siempre hería los sentimientos de la persona que estaba con él.

–De acuerdo, reconozco que debería haberlo consultado contigo antes, pero es una gente muy discreta y no se lo contarán a nadie.

–Mejor que sea así; de lo contrario, jamás te lo perdonaré –Abby descruzó los brazos–. Entonces, ¿nada de fotos? ¿Es tu última palabra?

–Prefiero que mi vida privada continúe siendo privada. Solo me concierne a mí, a nadie más.

Una sombra de preocupación cruzó el rostro de ella.

–Pero... ¿qué le voy a decir a Felicity?

–¿Por qué no le cuentas la verdad? –respondió Luke con una mirada burlona.

–Eso no puedo hacerlo –contestó ella estupefacta–. Perdería mi trabajo.

–Antes o después vas a tener que contárselo a todo el mundo.

–Sí, lo sé. Pero lo tengo todo pensado. Voy a crear un blog respecto a qué hacer tras una ruptura sentimental. No, no te preocupes, no te haré quedar mal. Diré que la ruptura ha sido cosa mía, no tuya.

Luke se acercó a ella y le puso las manos en los hombros.

–Abby, ¿qué te parece si yo te saco fotos a ti para que las cuelgues en Internet?

Abby pareció pensarlo durante unos momentos; después, exhaló.

–Más te vale asegurarte de que sean buenas fotos.

Luke bajó la cabeza y le dio un beso en la frente.

–Lo serán.

Capítulo 10

DESPUÉS de la cena, Abby estaba sentada con Luke en la terraza bajo la luz de la luna. Él le había sacado varias fotos por la tarde y todas eran buenas; algunas, extraordinarias. Luke tenía buen ojo para la iluminación y, a la luz del atardecer, la había sacado preciosa en las fotos.

Sin embargo, no podía evitar que la negativa de Luke a salir con ella en las fotos le desilusionara. ¿Qué tenía de malo? Al menos, sería un recuerdo de aquella semana juntos. ¿Qué daño podía causarle? Ella no tenía fotos de su infancia y esta pequeña contrariedad le hacía recordar, una vez más, que estaba realmente sola.

Pero ya no quería estar sola.

Después de esa semana, no. Después de estar en los brazos de Luke en aras de la pasión, no. ¿Por qué no podían prolongar su relación? ¿Por qué Luke se negaba a alargar el tiempo para ver hasta qué punto podían llegar como pareja?

Habían tenido pequeñas discusiones, pero eso era normal e incluso sano. La negativa a salir en las fotos con ella era otro aviso del rechazo de Luke a las relaciones de larga duración y de su propia estupidez por esperar que él cambiara de opinión. ¿Cuántas veces había escrito sobre eso en su columna? Las mujeres creían que podían cambiar a los hombres, pero casi siempre acababan mal. La gente solo cambiaba cuando creía que debía cambiar, cuando necesitaba un cambio. Cuando quería cambiar. No se podía obligar a cambiar a nadie.

–¿Más champán? –Luke alzó la botella.

Abby cubrió la copa con la mano.

–No, mejor no. Ya estoy un poco chispa.

Le daba miedo lo que podría llegar a decir si bebía más.

«Estoy enamorada de ti. Quiero casarme y tener hijos contigo».

¿Cómo se le había ocurrido pensar que iba a conformarse con una aventura amorosa de unos días cuando lo que quería era pasar el resto de la vida con Luke? Quería hacerse mayor con él, tener hijos con él, vivir una vida familiar, una vida de familia de la que ella se había visto privada. Pero... ¿cómo iba a decirle eso? Luke no quería saber nada de esas cosas. Luke no quería comprometerse con nadie para el resto de su vida. ¿Por qué le había llevado tanto tiempo darse cuenta de que lo amaba? ¿Porque se había estado engañando a sí misma?

Llevaba años mintiendo, contando mentira tras mentira. Y ahora, por una de esas ironías del destino, quería contar la verdad y no podía. Si le confesaba a Luke lo que sentía por él, le enfurecería. Enamorarse no era parte del trato. Le había convencido de que participara en aquella farsa y ahora era ella quien tenía que sufrir el rápido paso del tiempo en su corta aventura amorosa.

Luke se recostó en el respaldo de su asiento y se quedó mirando el mar.

–Se está tan bien aquí que se le quitan a uno las ganas de volver a casa.

–Dímelo a mí –contestó Abby pensando en su pequeño piso de tan finas paredes que le permitían oír a sus vecinos discutiendo y oír su televisor. Ahí, en el paraíso en el que se encontraba, solo se oían a los pájaros y el susurro de las agujas de los cipreses mecidas por el viento.

«Y ese maldito reloj».

Un momento después, Luke se metió la mano en el bolsillo, sacó una pequeña caja cuadrada y la puso encima de la mesa.

–Esto es para ti.

A Abby el corazón pareció querer salírsele del pecho mientras contemplaba la caja.

–¿Qué es?

–Abre la caja y mira.

Abby le obedeció y, al abrir la tapa, clavó los ojos en un maravilloso colgante con un brillante.

–¡No es posible...!

Abby sacó el colgante y se lo quedó contemplando.

–Es precioso. No había visto nunca nada tan bonito.

Apartó los ojos del colgante para no echarse a llorar. Jamás le habían regalado nada tan maravilloso. Y Luke había ido a comprarlo como si ella fuera algo especial para él.

–No lo entiendo... ¿Por qué me has comprado esto?

Luke se encogió de hombros.

–Pasaba por una joyería y lo vi en el escaparate.

Abby volvió a mirar el colgante y parpadeó para contener las lágrimas; sin embargo, la emoción le cerró la garganta. Tragó saliva y se pegó el colgante al pecho mientras trataba de recuperar la compostura.

Luke se inclinó hacia delante y le tomó la mano.

–¿Por qué lloras? ¿No te gusta? Si quieres, lo cambiaré por otra cosa y...

–Oh, Luke... –Abby gimió y rio simultáneamente–. Me encanta. Lloro porque nunca me habían regalado nada tan precioso. Es el mejor regalo de mi vida. Has sido muy generoso, pero deberías dejar de gastar tanto dinero en mí.

Luke se levantó, rodeó la mesa, se colocó a su lado y le abrochó la cadena con el colgante.

–Es un recuerdo. Un detalle para que te acuerdes de mí.

«Un detalle para acordarme de ti».

Esas palabras fueron como si la hubieran despertado a bofetadas y sacado de un mundo de ensueño en el que existían los finales felices.

–Me parece que no voy a olvidarte tan fácilmente –Abby se tocó el colgante–. Estos últimos días han sido los mejores de mi vida.

Luke esbozó una sonrisa ladeada.

–Me alegro de que lo estés pasando bien. Te lo mereces.

–¿Y tú, lo estás pasando bien?

Luke le tomó la mano y entrelazó los dedos con los de ella.

–Estoy disfrutando tanto que me va a resultar difícil volver al trabajo.

Abby le estrechó la mano.

–Quizá debieras tomarte más días de vacaciones.

–Es posible que tengas razón –Luke se quedó pensativo unos segundos–. Antes de que mis padres se divorciaran me encantaba ir de vacaciones. Pero después... en fin, ya no era lo mismo.

–Debió ser duro, sobre todo, para tu madre y para ti encargaros de que Ella no lo pasara muy mal –dijo Abby.

Luke le soltó la mano y lanzó un suspiro.

–Mi madre hacía lo que podía, pero, durante las vacaciones, le resultaba muy difícil ver otras familias, otras parejas, haciendo lo que ella solía hacer con nosotros antes de que mi padre nos abandonara. A mí no me quedó más remedio que asumir el papel de hombre de la casa; entre eso, los estudios y cuidar de Ella... Bueno, no me quedaba mucho tiempo para los amigos y demás cosas propias de la adolescencia.

–Eres un hijo estupendo y un hermano maravilloso, Luke –declaró Abby–. Tu madre y Ella no paran de hablar de lo mucho que te quieren, y también de que les gustaría verte con más frecuencia.

–Sé que debería ir a verlas con más frecuencia, pero siempre estoy inundado de trabajo.

–¿No crees que, hasta cierto punto, eres tú el responsable de tener tanto trabajo? –dijo Abby a modo de comentario–. Diriges un negocio de gran éxito. ¿No te parece que podrías dejar que otros hicieran parte de lo que tú haces? No es saludable trabajar tanto, Luke.

Luke frunció el ceño.

–Me gusta mi trabajo.

–Pero hay otras cosas en la vida también –dijo Abby–. Sin embargo, ¿cómo vas a disfrutarlas si no tienes tiempo más que para el trabajo?

Luke volvió a agarrarle la mano.

–De acuerdo, señorita Hart. Durante los próximos días me pondré en tus manos para que me enseñes a disfrutar otras cosas y a relajarme. ¿Estás dispuesta a ser mi profesora?

Abby le guiñó un ojo.

–Por supuesto.

Luke lo estaba pasando tan bien con Abby que se le llegó a olvidar cargar el móvil hasta dos días antes de tener que marcharse de la isla.

Sin embargo, cuando, después de cargar la batería lo conectó, se quedó horrorizado al ver la cantidad de llamadas perdidas que tenía del trabajo.

Llamó e, inmediatamente, se enteró de que había problemas con uno de los proyectos más importantes en los que estaba trabajando. Lo que le sorprendió aún más fue que había estado a punto de desconectar el cargador del móvil e ignorar los mensajes y los correos electrónicos que le habían enviado.

–No tienes que venir corriendo –le dijo Kay, su secretaria–. Puede esperar un día o dos más. Solo queríamos que lo supieras por si...

–Naturalmente que tengo que volver –interrumpió Luke–. Soy el responsable del proyecto. Conozco todos los códigos y puedo solucionar el problema fácilmente. No puedo permitir que algo falle en el último momento. Tomaré el primer vuelo que encuentre.

–¿Y tus vacaciones con Abby? ¿Es que no quieres quedarte? Podrías solucionar lo de los códigos y darnos la información por el móvil, por Skype o por correo electrónico.

Luke quería quedarse, y eso era lo que le asustaba. Quería quedarse en esa maldita isla el resto de su vida. No quería separarse nunca de Abby.

Pero tenía que hacerlo. La separación iba a resultar más difícil con cada día que pasara con ella, para ambos. ¿Cómo se le había ocurrido semejante locura? No podía dejarlo todo y dedicarse a pasear por la playa, a comer al aire libre y a hacer el amor al atardecer. Eso era para los demás, no para él; para gente que no había sufrido una tragedia y cargaba con un sentimiento de culpa que no le abandonaba jamás. Él tenía responsabilidades, muchas personas dependían de él.

–No –dijo Luke–. Voy a volver. Este asunto es mucho más importante que unas vacaciones.

Después de cinco días de nadar y de tirarse al agua desde una roca, Abby se debatía entre la diversión y la dura realidad de que aquella diversión iba a acabar cuando la semana llegara a su fin.

Hacer el amor y cenar en la playa viendo la puesta de sol, contemplar las estrellas por la noche, cenar a la luz de las velas y prolongados desayunos habían hecho que el tiempo transcurriera con más rapidez de la que ella deseaba.

Luke le había enseñado a pescar, algo que siempre había querido saber hacer, y ella le había enseñado a relajarse. Les quedaban dos días más en la isla; después, de vuelta a Londres. Y eso significaba el fin de su relación amorosa.

Pero Abby tenía la sensación de que Luke estaba pensando en prolongar su relación. Le había sorprendido mirándola con expresión pensativa en numerosas ocasiones. A menudo, cuando estaban tumbados juntos, Luke jugueteaba con el colgante que le había regalado.

¿Eran imaginaciones suyas pensar que Luke estaba pensando en continuar su relación? No, no lo creía. Al menos, eso esperaba. ¿Acaso los últimos días juntos no habían demostrado lo bien que se llevaban? Luke se pasaba el día sonriendo y había dejado de fruncir el ceño constantemente.

¿Por qué iba él a querer poner punto final a su relación llevándose tan bien?

Abby estaba terminando de preparar la cena cuando Luke entró con el móvil en la mano, su bolsa con el equipaje y la frente arrugada.

–¿Qué pasa? Es la primera vez en cinco días que te veo con el ceño fruncido.

–Lo siento, Abby, han surgido problemas en el trabajo –respondió él–. Tengo que volver a Londres inmediatamente. Solo yo puedo encargarme del asunto y no lo puedo hacer por teléfono. He llamado al dueño del barco para que venga a recogerme, estará aquí dentro de media hora.

A Abby le dio un vuelco el corazón. Sus esperanzas se habían ido al traste.

–¿Y yo, qué voy a hacer?

–Puedes quedarte hasta que terminen las vacaciones. No tiene sentido que vuelvas a Londres conmigo. Aprovecha los dos días que te quedan.

–No será lo mismo sin ti –dijo ella–. ¿Qué voy a hacer aquí yo sola? No hay nadie en la isla.

–Lo arreglaré para que venga alguien a quedarse contigo. Alguna empleada...

–¿Una empleada? –lo miró fijamente–. ¿En serio piensas que voy a querer quedarme aquí con una empleada cuando lo único que deseo es estar contigo?

Luke apretó los labios.

–Abby, no tengo tiempo para...

–Sí que lo tienes, Luke –lo interrumpió ella–. Esto es importante para mí. No puedes volver a Londres y hacer como si nada hubiera pasado durante estos días. ¿Es que no han significado nada para ti? ¿Es que yo no significo nada para ti?

Luke suspiró con impaciencia.

–Abby, si lo que te preocupa es lo que va a decir la gente, no veo el problema. No he salido en ninguna de las fotos que cuelgas en Internet, así que nadie se va a enterar de si sigo contigo aquí o no.

–Yo sí me voy a enterar, Luke –protestó ella–. Voy a quedarme aquí sola pensando en ti porque... porque te quiero.

Luke hizo una mueca de dolor.

–Para, Abby, para. No digas nada más.

–Claro que sí voy a hablar –dijo Abby tratando de no perder la calma–. Me niego a seguir ocultándolo, me niego a seguir fingiendo. Te amo, Luke. No quiero que lo nuestro acabe cuando termine la semana, quiero que dure el resto de nuestras vidas.

–Te dejé muy claro lo que podía ofrecerte, un futuro juntos no era una opción.

–Y yo creo que, en el fondo, quieres lo mismo que yo –dijo Abby–. Lo deseas tanto como yo, pero crees que no te lo mereces por lo que le pasó a Kimberley.

–Esto no tiene nada que ver con Kimberley –respondió él–. Lo importante es que lo nuestro no es real, Abby, se debe más a jugar bajo el sol en la playa que a otra cosa. Repito, lo nuestro no es real, no lo ha sido desde el principio. Se trata de una farsa y he sido lo suficientemente idiota como para seguirte la corriente y...

–Si vas a decir que te daba pena, me voy a poner a gritar –dijo Abby–. No quiero tu compasión, quiero tu amor.

El móvil de Luke sonó y este dejó la bolsa del equipaje en el suelo.

–No contestes –dijo ella–. ¿No te parece que esto es mucho más importante que una estúpida llamada?

Luke la miró con exasperación; después, se dio media vuelta y contestó el teléfono.

–Sí, ya voy. Sí, todo bien –cortó la comunicación, se metió el móvil en el bolsillo y agarró la bolsa–. Tengo que irme. Me están esperando.

Le estaba esperando gente más importante que ella. Luke no lo había dicho, pero no necesitaba hacerlo. Lo había demostrado al elegir dejarla allí sola. No le había pedido que le acompañara. ¿Por qué no? No le iba a llevar mucho tiempo hacer el equipaje. No, Luke quería marcharse sin ella porque, en realidad, había ido allí con ella forzado.

–No has estado realmente aquí conmigo en la isla, ¿verdad, Luke? Tu negativa a salir conmigo en las fotos es prueba de que no estabas aquí conmigo totalmente. No te has entregado a estas vacaciones de lleno; superficialmente, sí, pero solo superficialmente. Estás completamente encerrado en ti mismo y te niegas a compartir tu vida con nadie.

–Abby.

–No emplees conmigo ese tono de voz, no me des lecciones, no lo soporto –dijo ella–. ¿Por qué no me has pedido que vuelva a Londres contigo? No, no es necesario que contestes, te lo voy a decir yo. Quieres romper ya nuestra relación, ¿verdad?

–Para empezar, nunca he querido tener una relación contigo.

La frialdad de la respuesta de Luke la dejó helada. Estaba tan dolida que casi no podía respirar.

–Bien, de acuerdo, ahora ya lo sé –dijo Abby–. Perdona todas las molestias que te he causado.

Abby se desabrochó la cadena con el colgante y se lo dio a Luke.

–Toma, no lo quiero. La caja está arriba. Supongo que no querrás esperar a que guarde toda la ropa que me has comprado, ¿verdad? Porque quiero devolvértela.

–Y yo no quiero ni colgantes ni ropa –dijo Luke apretando los labios–. Todo eso te lo he regalado.

–Ah, sí, claro, por los servicios prestados, ¿no? –Abby le lanzó una gélida mirada–. Antes de que se me olvide, gracias por ayudarme.

El esfuerzo que Luke estaba haciendo por controlarse era visible.

–Disfruta el resto de los días que te quedan en la isla.

–Lo haré –declaró Abby alzando la barbilla.

El vuelo se había retrasado; por eso, cuando Luke llegó a Londres, a su oficina, un empleado suyo había solucionado ya el problema de informática que había amenazado el proyecto. Siempre había pensado que Sanjeev tenía mucho talento, pero acababa de confirmarlo sin dejar lugar a dudas.

Debería haber sentido alivio, pero las palabras de Abby aún resonaban en su cerebro y temía estar a punto de tener otra migraña.

Ni por un momento creía que Abby estuviera enamorada de él. Lo que le ocurría era que le preocupaban su trabajo y todas esas mentiras que había contado. Faltaban solo dos días para el fin de su relación y a Abby le obsesionaba la idea de mantener intacta su reputación.

Bien, eso no tenía nada que ver con él.

Ya no.

No debería haber asumido el papel de prometido de ella. Ese había sido su primer error; el segundo, llevar a Abby a la isla. Un sitio así... En fin, incluso a él le había afectado. Se había divertido mucho y no recordaba la última vez que se había encontrado tan relajado.

Pero eso no significaba que quisiera continuar con la relación indefinidamente.

Le había dado vueltas a la cabeza e incluso se le

había ocurrido prolongar el periodo de estar juntos. Pero aunque hubiera ocurrido eso, él no podía dar a Abby lo que ella quería. Tampoco había podido hacerlo con Kimberley ni con ninguna otra de las mujeres anteriores a ella.

¿Por qué iba a ser Abby diferente?

No le interesaban los cuentos de hadas, al contrario que a Abby.

No, no quería eso.

No quería esposa.

No quería hijos.

No quería comprometerse con nadie.

Abby había sido injusta al pedirle que dejara el trabajo por un par de días más de vacaciones. Él tenía responsabilidades, algo que se tomaba muy en serio. Tenía empleados, a los que era necesario pagar, clientes importantes y también enfermos a lo largo y ancho del mundo que dependían de que él sacara adelante el nuevo proyecto.

«Pero podrías haber vuelto a Londres un poco más tarde...».

Luke se negó a pensar eso. La llamada telefónica había sido la excusa perfecta para poner punto final a las tontas imaginaciones de Abby.

Volver a Londres había sido lo correcto. Su relación había durado demasiado. Pero el mayor error que había cometido era haberla iniciado. Se había saltado una regla de oro al permitir a Abby que se quedara en su casa. Y no debería haberle comprado ese maldito colgante. ¿Por qué las mujeres daban tanta importancia a las joyas? Abby, desde luego, se la había dado, a pesar de que lo único que él había querido era darle algo para sustituir ese horrible brillante falso que llevaba.

Luke salió de su despacho justo en el momento en que Kay, su secretaria, volvía de tomar un café.

–Supongo que ahora te arrepientes de haber vuelto, ¿verdad? –dijo Kay–. Sanjeev es un joven que vale mucho, es muy inteligente. Deberías delegar en él más responsabilidades. Se lo merece.

–Estoy considerando seriamente esa posibilidad –Luke se volvió para regresar a su despacho.

–¿Le ha disgustado mucho a Abby que volvieras? –preguntó Kay.

A Luke se le hizo un nudo en la garganta. No estaba preparado para explicar lo que había pasado en la isla. En realidad, no estaba acostumbrado a dar explicaciones sobre su vida privada a nadie.

–La he dejado allí para que disfrute los dos días de vacaciones que le quedan.

Kay lo miró como si él acabara de decir que había abandonado a Abby en medio del desierto.

–¿Que la has dejado en la isla? ¿Sola?

Luke encogió los hombros.

–¿Y qué? Yo tenía que volver.

–En ese caso, ¿por qué no ha vuelto contigo?

–Porque no se lo pedí.

–¿Y por qué no lo hiciste, si se puede saber? –preguntó Kay–. ¿Habéis discutido?

–Es... complicado.

Kay se cruzó de brazos y lo miró como miraría una madre a su hijo adolescente después de haber suspendido un examen importante.

–Lo has estropeado todo, ¿verdad?

Luke lanzó un bufido.

–No me apetece someterme a un interrogatorio. Te pago por trabajar, no te pago para que te metas en mi vida privada.

–No tenías una vida privada antes de estar con Abby –dijo Kay–. Esa chica es lo mejor que te ha pasado en la vida. Aunque me ha parecido raro que no aparecieran fotos tuyas en Internet de vuestra estancia en la isla. Sí, eso me ha parecido raro. Espero que no te pasaras todo el tiempo pegado al móvil. Hicimos lo posible aquí para que tú pudieras relajarte, pero nos topamos con el problema del código y...

–¿Qué tiene de malo que quiera que mi vida privada sea privada y nada más? –dijo Luke conteniendo apenas su irritación–. No veo por qué la gente tiene que saber dónde me he tomado el último café o qué he desayunado.

–Es una forma de conectar con la gente.

–¿Ah, sí? Pues yo prefiero hacerlo a la antigua usanza.

–¿Es eso lo que has hecho durante los últimos cinco años? –preguntó Kay en tono burlón.

Luke respiró hondo y, una vez más, se volvió para dirigirse a su despacho.

–Sabía que no debería haberte subido el sueldo.

–¿Quieres que te lo devuelva?

Luke lanzó una furiosa mirada a su secretaria.

–No, guárdatelo, y tus opiniones también. ¿Ha quedado claro?

Kay hizo un saludo militar.
–Sí, señor.

Abby regresó a Londres al día siguiente. Estaba tan deprimida que incluso una azafata le preguntó si se encontraba mal. Se secó los enrojecidos ojos con un pañuelo y contestó que se debía a una alergia. Y cuando pasó la aduana y vio a parejas abrazándose después de reunirse, se sintió como si le estuvieran estrujando el corazón.

¿Por qué Luke no podía quererla? ¿Por qué no quería pasar el resto de la vida con ella? ¿Por qué la había abandonado igual que habían hecho todos los demás a los que había querido?

No había podido quedarse en la isla sin él. Cada rincón, cada estancia, las vistas... todo le recordaba el tiempo que habían compartido. Ahora solo le quedaban los recuerdos. Ni siquiera tenía fotos de los dos juntos porque él, cabezonamente, se había negado a salir en ellas. Sin que Luke se diera cuenta, le había sacado algunas, pero ninguna con los dos juntos. Era como si esos días en la isla no hubieran sido reales, solo un espejismo.

Igual que su vida.

Abby no podía negar ya la verdad. Llevaba años ocultándose tras una telaraña de mentiras. Llevaba años presentándose ante la gente como quería ser, no como era en realidad. No era la chica que lo tenía todo, la chica de su columna, sino una joven soltera y sola con una triste infancia, una joven que soñaba con vivir un cuento de hadas.

Pero su apuesto príncipe azul se había encerrado en una torre de arrepentimiento y culpa, y ella no podía hacer nada por impedirlo. Ni siquiera debería haberlo intentado. Si le hubiera confesado la verdad desde el principio, se habría ahorrado mucho sufrimiento. No había hecho caso de sus propios consejos, que repartía con prodigalidad en su columna.

Jamás aconsejaría a nadie que fingiera tener novio para no quedar en ridículo; por el contrario, diría que una relación basada en una mentira no era una auténtica relación. ¿Qué derecho tenía ella a dar consejos? Su vida era un desastre, siempre había sido un desastre. Su vida entera se basaba en una mentira. Y eso tenía que cambiar.

Ahí mismo.

En ese momento.

Abby agarró el móvil y comenzó a escribir una columna. Felicity se iba a poner furiosa y quizá la despidiera; pero, al menos, ella ya no viviría una mentira.

Luke no podía dejar de pensar en la isla: el sol, la arena, la playa, la bahía y la roca desde la que se habían tirado al agua. Aquella isla era un rincón apartado del mundo, allí se habían sentido en un paraíso, en contacto con la naturaleza. No lograba dejar de pensar en la extraordinaria comida que Abby había preparado, en las sobremesas, en las prolongadas cenas con champán a la luz de las estrellas.

Pero, sobre todo, no conseguía dejar de pensar en Abby.

Le acompañaba, en el pensamiento, cada minuto, cada segundo del día y la noche. Abby estaba dentro de su cuerpo. Si cerraba los ojos sentía sus suaves y pequeñas manos acariciándole. Sentía su boca, sus labios, su lengua. Llevaba su sonrisa clavada en el corazón. Cada vez que la imaginaba sonriendo el corazón se le encogía.

Cada vez que regresaba a casa después del trabajo, esta le parecía vacía y solitaria. Ni siquiera el trabajo le satisfacía como antes; y menos con Kay sacudiendo la cabeza y lanzándole miradas de exasperación prácticamente todo el tiempo.

Aunque Kay había dejado de sermonearle, aquella tarde, cuando salía del trabajo, vio en la pantalla del ordenador de su secretaria la última columna que Abby había escrito.

Hasta el momento, Luke había resistido la tentación de leer las últimas mentiras que Abby debía haberse inventado últimamente; pero en esta ocasión, no pudo evitar leer la columna. Era un artículo largo, pero sincero y honesto. Confesaba que se había criado en casas de acogida debido a que sus padres habían abusado del alcohol y las drogas; hablaba de la desesperación con que había querido integrarse en la sociedad, ser normal... hablaba de todo lo que le había contado a él.

La ternura que sintió por ella fue inmensa. Abby había mostrado un gran valor y dignidad con lo que había hecho. Incluso había llegado a revelar que su supuesto noviazgo con su príncipe azul era algo de lo que se arrepentía profundamente porque el compañero perfecto no existía; a lo máximo que se podía aspirar era a ser una buena pareja y dejar que el amor se encargara del resto... si se tenía la suerte de encontrar el amor.

Luke tuvo que leer aquella frase dos veces porque se le había nublado la vista.

«Si se tenía la suerte de encontrar el amor».

Abby lo amaba. ¿Por qué le había resultado tan difícil de creer? ¿Era porque le había dado miedo creerlo? Temía que no durara, que algo o alguien se lo arrebatara. Pero había sido él quien había saboteado su relación. Había encontrado a una persona que lo amaba y la había dejado sola y abandonada. Ni siquiera había pedido a Abby que regresara con él a Londres. Había antepuesto el trabajo a Abby.

Pero su única prioridad era Abby.

¿Acaso no había quedado demostrado los últimos días que habían pasado juntos?

Iba por la vida como un zombi. Su vida no tenía sentido sin la alegre presencia de Abby disipando la tiniebla que le había rodeado durante tanto tiempo. ¿Por qué había sido tan cobarde? ¿Había destruido toda posibilidad de un futuro con ella?

Quería verla inmediatamente, pero antes tenía que hacer una cosa. Hacía años que debería haberlo hecho.

Luke fue corriendo a su casa para recoger todas las cosas de Kimberley y envió un mensaje a los padres de ella para decirles que les llevaría las pertenencias de su hija tan pronto como pudiera.

Dobló la ropa y la guardó en una caja de cartón. Cuando cerró la tapa, fue como si hubiera cerrado un capítulo de su vida.

El móvil le avisó de que tenía un mensaje. Era de

los padres de Kimberley para decirle que estaban en esa zona y que pasarían ellos a recoger las pertenencias de su hija.

Luke estaba desesperado por ir a ver a Abby, pero no podía negar a los padres de Kimberley unos minutos de su tiempo.

Una hora después abrió la puerta a Peter y a Tanya.

Luke tuvo la impresión de que Tanya había estado llorando, pero eso no era algo fuera de lo normal.

–Luke... tenemos que hablar contigo. Creo que ya es hora de que te digamos lo que pasó la noche que Kimberley... murió.

Luke miró a Peter, que, en silencio, tomó la mano de su esposa y se la estrechó.

–La cuestión es que... Kimberley iba a romper contigo. Se había enamorado de otro, pero no se atrevía a decírtelo. No te engañó, eso lo sé. Pero le resultaba difícil romper contigo porque tú siempre te portaste muy bien con ella. Creo que no te lo dijo aquella noche fatídica porque le parecía que te había traicionado al enamorarse de otro.

Luke no podía creer lo que estaba oyendo.

–¿Por qué no me lo habíais dicho antes?

–Queríamos evitarte ese sufrimiento.

–Gracias por decírmelo –respondió él.

–Me quedé muy preocupada al enterarme de que Abby Hart y tú habíais roto –dijo Tanya–. Estaba muy contenta al saber que habías encontrado a otra mujer; después, al enterarme de que habéis roto, me he quedado muy preocupada. No sabía si eso tenía algo que ver con lo que pasó con Kimberley, por eso quería decirte lo que te acabo de contar. Aunque

Kimberley no estaba enamorada de ti, te apreciaba mucho.

Luke dio un abrazo a Tanya y a Peter. Se quedaron así, abrazados los tres, unos segundos, en silencio.

Por primera vez en cinco años, Luke sintió como si le hubieran quitado un enorme peso de encima.

El artículo de Abby provocó una reacción inesperada por parte de sus seguidores. Recibió innumerables mensajes de apoyo y Felicity le mencionó algo sobre un aumento de sueldo.

Sabina entró en la zona de trabajo de Abby con un enorme ramo de rosas rojas.

–Es para ti –dijo Sabina.

–¿Para mí? –a Abby le dio un vuelco el corazón.

–Sí. Y muchas más cosas –Sabina hizo un gesto con la cabeza señalando la zona de recepción–. Más ramos de flores y cestas con fruta.

–¿Fruta? –Abby frunció el ceño.

–Fresas cubiertas de chocolate y champán. Docenas de botellas de champán.

Con piernas temblorosas, Abby se puso en pie y, justo en ese momento, oyó una voz.

–Te lo he enviado yo –dijo Luke. Y, al llegar a su lado, se agachó y apoyó el peso en una rodilla–. Cariño, perdóname, he sido un imbécil. No sé cómo se me ocurrió dejarte sola en esa isla. Por favor, perdóname. Y para compensarte, si quieres, te compraré la isla. Te amo.

Con lágrimas en los ojos, Abby le rodeó el cuello con los brazos.

–Oh, Luke, claro que te perdono. Estaba deseando oírte decir eso. Te quiero tanto que creo que voy a estallar.

–Eres el amor de mi vida –le dijo Luke con suma ternura–. Sin ti no soy nada. Por favor, cásate conmigo, me harás el hombre más feliz del mundo.

–Mi vida, claro que me casaré contigo. Pero... –Abby miró a su alrededor–. No puedo creer que me hayas pedido que me case contigo delante de toda esta gente.

–Me da igual. Quiero que todo el mundo se entere de que te amo –declaró Luke.

A Abby no le parecía posible sentir tanta felicidad.

Epílogo

Un año después...

Abby salió a la terraza de la casa de la isla donde Luke había estado esperando a que saliera del baño. Su isla. Luke se la había regalado.

Abby, con el dispositivo de la prueba del embarazo en las manos, a la espalda, se acercó a la tumbona en la que Luke estaba leyendo un libro.

–¿Qué estás leyendo? –preguntó ella, y se agachó para darle un beso en la cabeza.

Luke la agarró, la hizo sentarse en el borde de la tumbona y dejó el libro.

–Cosas del trabajo, pero tú eres mucho más interesante –de repente, Luke frunció el ceño–. Eh, ¿qué tienes ahí escondido?

Abby sonrió, movió el brazo hacia delante y le enseñó el dispositivo.

–Vamos a tener un hijo.

Los ojos de Luke se llenaron de lágrimas.

–Mi vida, eso es maravilloso. No puedo creerlo. Vamos a tener un hijo –Luke lanzó una carcajada y, con suma ternura, la besó–. Vas a ser la mejor madre del mundo.

–Y tú el mejor padre del mundo –Abby lo miró

con un inmenso amor en la expresión–. No sabes cuánto me alegro de que las relaciones con tu padre hayan mejorado tanto desde que nos casamos.

–Sé que mi padre no es perfecto, pero al menos está haciendo un esfuerzo.

Abby le besó los labios.

–Quizá sea mejor abuelo que padre. Le pasa a mucha gente.

Luke le acarició la mejilla.

–Me has enseñado mucho sobre las relaciones, cielo. Soy mejor persona desde que estoy contigo.

–Tú también me has enseñado muchas cosas –dijo ella–. Como, por ejemplo, ser honesta respecto a lo que quiero. Y en estos momentos te quiero a ti. Te deseo.

Luke la abrazó.

–Perfecto. Porque yo también te deseo.